Katja Brandis

Woodwalkers and Friends

Katzige Gefährten

Bücher von Katja Brandis im Arena Verlag:
Woodwalkers. Carags Verwandlung
Woodwalkers. Gefährliche Freunschaft
Woodwalkers. Hollys Geheimnis
Woodwalkers. Fremde Wildnis
Woodwalkers. Feindliche Spuren
Woodwalkers. Tag der Rache

Seawalkers. Gefährliche Gestalten
Seawalkers. Rettung für Shari
Seawalkers. Wilde Wellen

Khyona – Im Bann des Silberfalken
Khyona – Die Macht der Eisdrachen

Katja Brandis, Jahrgang 1970, hat Amerikanistik, Anglistik und Germanistik studiert und als Journalistin gearbeitet. Schon in der Schule liehen sich viele Mitschüler ihre Manuskripte aus, wenn sie neuen Lesestoff brauchten. Inzwischen hat sie zahlreiche Romane für Jugendliche veröffentlicht, zum Beispiel *Khyona, Gepardensommer, Floaters – Im Sog des Meeres* oder *Ruf der Tiefe.* Bei der Recherche für *Woodwalkers* im Yellowstone-Nationalpark lernte sie eine Menge Bisons persönlich kennen, stolperte beinahe über einen schlafenden Elch und durfte einen jungen Schwarzbären mit der Flasche füttern. Sie lebt mit Mann, Sohn und drei Katzen, von denen eine ein bisschen wie ein Puma aussieht, in der Nähe von München.
www.katja-brandis.de

Katja Brandis

Woodwalkers & Friends

Katzige Gefährten

Zeichnungen von Claudia Carls

Arena

Für Indra, Fabian, Sabine, Marc, Anna, Samo
und alle anderen treuen »Woodis«

Arena

Ein Verlag in der westermann GRUPPE

FSC
www.fsc.org
MIX
Papier aus verantwortungsvollen Quellen
FSC® C110508

BLAUER ENGEL
DAS UMWELTZEICHEN
MI6
www.blauer-engel.de/uz195
- ressourcenschonend und umweltfreundlich hergestellt
- emissionsarm gedruckt
- überwiegend aus Altpapier

Dieses Druckprodukt ist mit dem Blauen Engel ausgezeichnet

1. Auflage 2020

Rottendorfer Straße 16, 97074 Würzburg

Dieses Werk wurde vermittelt durch die
Autoren- und Projektagentur Gerd F. Rumler (München).
Cover und Innenillustrationen: Claudia Carls
Gesamtherstellung: Westermann Druck Zwickau GmbH
Printed in Germany

ISBN 978-3-401-60545-6

Besuche den Arena Verlag im Netz:
www.arena-verlag.de

Mit ganz viel Glück und der Hilfe der weltbesten Freunde habe ich auf der Clearwater High, einer von ganz wenigen Highschools für Gestaltwandler, die Abschlussprüfung des ersten Jahres geschafft. Und den Kampf gegen meinen Feind, den Menschenhasser Andrew Milling, nicht nur überlebt, sondern sogar gewonnen. Jetzt ist es Mitte Juni, wir haben endlich Sommerferien und ich bin als Puma mit meiner Schwester Mia unterwegs zu meinen Eltern, die in den Bergen weiter nördlich leben. Aber man weiß nie, was für Überraschungen bei einer solchen Reise auf einen warten ...

Keine Jagdsaison

Ich hatte gehört, dass Jugendliche in normalen Schulen Aufsätze darüber schreiben müssen, was sie in den Ferien erlebt haben. Auf der Clearwater High gab es so was nicht – das Risiko war zu groß, dass solche Aufzeichnungen einem Menschen in die Hände fielen. Denn was wir als Woodwalker taten und erlebten, war meistens geheim ... und manchmal auch fellsträubend gefährlich.

So wie diese Situation, in der wir gerade steckten. Meine große Schwester Mia und ich – beide in Pumagestalt – kauerten in einem Gebüsch neben einem schrottigen braunen Pick-up, auf dessen Ladefläche aller möglicher Kram gestapelt war. Aus dem Fenster auf der Beifahrerseite des Autos ragte der Lauf eines Gewehrs heraus. Er zielte nicht auf uns, aber dafür auf eine Herde von Wapitis, die in der Morgendämmerung friedlich auf einer Lichtung weidete.

Meine Schwanzspitze pendelte vor Aufregung. *Das geht gar nicht,* sagte ich zu Mia – lautlos, von Kopf zu Kopf. So, wie wir uns immer verständigten, wenn wir in unserer Tiergestalt waren. *Ich werde nicht zuschauen, wie er die abknallt!*

Früher hast du gerne Wapiti gefressen, meinte Mia ein bisschen erstaunt.

Ich spürte, wie die Tasthaare an meiner Schnauze nervös zuckten. Zum Glück war der Wilderer noch nicht bereit zu schießen, gerade hörte ich ihn im Führerhaus ein Dosenbier gluckern. *Ja, früher! Als ich Lou noch nicht kannte – du weißt schon, dieses nette Wapitimädchen in meiner Klasse, das ich mag. Also, was ist? Wir müssen was machen!*

Stimmt, sagte Mia und bleckte die Fangzähne, die so lang waren wie Menschenfinger. Nein, sie war kein niedliches Kätzchen, sondern eine vierzig Kilo schwere Raubkatze. *Was schlägst du vor? Wir könnten auf sein Auto springen und es ein bisschen zerkratzen, das lenkt ihn vielleicht ab!*

Bestimmt, aber unser Ziel ist ja nicht, dass WIR stattdessen erschossen werden, wandte ich ein. *Als Menschen könnten wir hier mehr ausrichten. Zu blöd, dass wir unsere Klamotten bei der Schule gelassen haben.*

Lautlos verließ ich das Gebüsch und pirschte geduckt, sodass der Kerl mich nicht sah, um das Auto herum. Auf der offenen Ladefläche lag unter anderem eine alte, karierte Decke.

Prompt hatte ich eine Idee. Schnell erklärte ich Mia, was ich vorhatte, und sie schaute mich mit großen Augen an. *Meinst du wirklich, das klappt?*

Etwas anderes fällt mir gerade nicht ein, sagte ich hastig. *Los, beeil dich, er kann jederzeit anfangen rumzuballern!*

Mia schlich davon. In so was war sie ein Profi – wenn sie nicht gesehen werden wollte, sah sie auch keiner. Ich dagegen blieb, wo ich war, konzentrierte mich und stellte mir den blonden vierzehnjährigen Jungen mit grüngoldenen Augen vor, der ich in meiner Menschengestalt war. Schon spürte ich, wie ein Kribbeln meinen Körper durchzog und wie er begann, die Form zu ändern. Aus meinen Vorderpranken wurden wieder Hände, aus den Hinterläufen Beine und Füße. Meine Ohren schrumpften und zogen sich an die Seite des Kopfes zurück, die Fangzähne wurden zu meinem harmlosen Menschengebiss. Weh tat das alles zum Glück nicht und ich war längst daran gewöhnt. Ein paar Wimpernschläge später kauerte ich pelzlos hinter dem Wagen, fröstelte im kühlen Nachtwind und wünschte mir den Pullover und die Hosen zurück, die ich leider ein paar Hundert Kilometer von hier entfernt versteckt hatte. Vorsichtig zog ich die Decke von der Ladefläche und wickelte mich hinein.

Als der Wilderer hörte, wie ich an das Fenster auf der Fahrerseite klopfte, ließ er vor Schreck fast sein Gewehr fallen. Er streifte sich mit einer Hand hastig das Nachtsichtgerät vom Kopf und blickte erst ertappt drein und dann erstaunt. Wahrscheinlich hatte er mit einem Ranger gerechnet und nicht mit einem ziemlich ungewöhnlich angezogenen Jungen. Schließlich waren wir hier meilenweit von der nächsten Siedlung entfernt, mitten im von einzelnen Kiefern getupften Grasland. Auf der schmalen Straße war schon ewig kein Auto mehr vorbeigekommen.

»Sir, dürfte ich Sie einen Moment stören?«, fragte ich so höflich, wie ich es in Menschenkunde gelernt hatte.

Der Mann ließ das Fenster heruntersurren. »Was zum Teufel machst du hier, Bursche?«, motzte er mich an.

»Sie wissen schon, dass keine Jagdsaison ist?«, fragte ich zurück. »Wenn Sie schießen, machen Sie sich strafbar.«

Wie ich erwartet hatte, lachte er mich aus. »Was interessiert dich das? Geh nach Hause, setz dich vor den Fernseher und schau *Captain Marvel* oder was euch Kinder so interessiert.«

Ich rührte mich nicht. Besser, ich lenkte ihn noch einen Moment länger ab. Aber es war ein gutes Zeichen, dass die Wapitis schon wachsam die Köpfe gehoben hatten. Hatten sie Mia gewittert? Sie schlich sich extra in Windrichtung an, damit die Huftiere jede Menge Pumageruch in die Nase bekamen.

Als ich mich nicht bewegte und den Mann weiterhin freundlich anblickte, wurde er ärgerlich. »Worauf wartest du? Scher dich weg!«

»Sie wollen also wirklich jagen, obwohl es verboten ist?«, fragte ich.

»Hau ab, Junge … sonst passiert hier gleich was, was dir gar nicht gefallen wird!«

»Ich glaube eher, es passiert was, was *Ihnen* nicht gefällt«, sagte ich, beugte mich ins Auto und zog seinen Autoschlüssel ab, bevor er kapiert hatte, was los war. Dann verbog ich den Schlüssel, bis er U-Form hatte. Selbst in meiner ersten Gestalt bin ich deutlich stärker als ein Mensch, was manchmal ganz praktisch ist.

Es gefiel ihm tatsächlich nicht. Selbst im schwachen Licht der Dämmerung konnte ich sehen, dass sein Gesicht so rot anlief wie der Kehllappen eines Truthahns. »Du spinnst wohl!«

Auf der Lichtung galoppierten die Wapitis davon und verschwanden im Wald.

»Nein, ich glaube nicht«, sagte ich, während der Mann wütend nach seinem Gewehr griff. Oh-oh. Jetzt war der richtige Moment, um abzuhauen, schließlich waren unsere vierbeinigen Freunde in Sicherheit. Doch als ich losrennen wollte, stolperte ich über den Saum der blöden Decke und ging zu Boden, schmerzhaft bohrte sich der Schotter der Straße in meine Haut. Noch immer außer sich vor Wut knallte der Wilderer die Autotür auf und traf mich – ob absichtlich oder nicht – seitlich am Kopf. Während er aus dem Wagen sprang, sackte ich halb betäubt um und erwartete jeden Moment, dass mich harte Hände packen würden.

Passierte aber nicht. Stattdessen schrie der Mann auf.

Alles klar, Carag?, fragte Mia besorgt. *Ich glaub, du kriegst eine fette Beule.*

Sie lag auf dem Autodach, hatte von dort aus mit ausgefahrenen Krallen herabgeangelt und den Wilderer seitlich am Jackenkragen erwischt. Erstarrt vor Furcht, mit weit aufgerissenen Augen, hing er in ihrem Griff, während sie mit der anderen Pranke nachfasste. Jetzt sah es so aus, als würde sie seinen Hals von hinten umarmen.

Glaub ich auch, antwortete ich und befühlte meinen Kopf. Ja, da bildete sich tatsächlich eine Beule.

»Nimm mein Gewehr ... knall das Vieh ab ... bevor es mich umbringt ... schnell!«, flüsterte der Kerl heiser.

Noch ein bisschen taumelig bewegte ich mich um sein Auto herum und holte wie gewünscht seine Knarre.

»Schieß!«, brüllte der Wilderer.

»Es ist gerade keine Jagdsaison, wie Sie wahrscheinlich wissen«, sagte ich und knallte den Lauf so lange gegen einen Stein, bis er gekrümmt war wie das Horn eines Bisons. Dann wandte ich mich wieder seinem Besitzer zu und versuchte, mich daran zu erinnern, was mein Lieblingslehrer James Bridger zu dem Wilderer gesagt hatte, in dessen Falle er mal festgesessen hatte. »Wenn Sie noch mal wildern und wenn es nur ein einziges Mal ist, dann melde ich Sie den Behörden!«

Der Wilderer wimmerte leise. Machte ihm das mit den Behörden Angst? Na ja, wahrscheinlich eher, dass Mia gerade genüsslich seine Wange abschleckte. Fühlte sich bestimmt nicht gut an, Raubkatzenzungen sind rau wie grobes Schmirgelpapier. *Und ich darf wirklich nichts von ihm abbeißen?,* fragte Mia.

Nein, und wir hauen jetzt ab – der Kerl hat genug, sagte ich zu ihr und ließ die Decke fallen. Auf dem Boden liegend, damit er es nicht sehen konnte, verwandelte ich mich zurück, dann markierte ich das Auto mit einem kräftigen Strahl Pumapisse. Ich wollte es zwar nicht als meins beanspruchen – ich brauchte keinen Blechhaufen! –, aber die Geste zählte.

Mit langen Sprüngen rannten Mia und ich in den Wald. Auf vier Beinen kam man zum Glück schnell voran, denn wir hatten noch ein ordentliches Stück Weg vor uns bis zu unseren Eltern, die vor ein paar Jahren von einem Wolfsrudel aus ihrem alten Revier in Yellowstone vertrieben worden waren.

Als wir in sicherer Entfernung waren, liefen wir wieder etwas langsamer.

Toll, was du in dieser Schule alles gelernt hast, meinte Mia und schleckte mir über die pelzige Schulter. *Dieser Mann hat mit dir geredet wie mit einem Menschen, er hat gar nicht gemerkt, dass du keiner bist.*

Ja, stimmt, gab ich zurück, knuffte sie spielerisch und nagte an ihrem Ohr. *Du wirst es toll finden an der Clearwater High, die meisten Leute dort sind total nett und der Unterricht echt interessant. Solange man tagsüber in die Klasse geht, kann man nachts herumstreifen, so lange man will. Es ist so katzig, dass du im Herbst auch da sein wirst!*

Eigentlich hatte Mia vorgehabt, so wie meine Eltern fast immer nur als Puma zu leben, aber dass ich auf diese Schule ging und mich dort sehr wohlfühlte, hatte sie neugierig gemacht. Vor Kurzem hatte sie beschlossen, sich nach den Ferien ebenfalls dorthin zu wagen.

Dann lernst du auch endlich Tikaani besser kennen, fuhr ich fort und wieder einmal füllte sich mein Herz mit Sehnsucht nach dieser ganz besonderen Polarwölfin.

Ist die etwa richtig deine Freundin?, fragte Mia und sah mich neugierig von der Seite an.

Ja, wir haben uns sogar schon geküsst, verriet ich ihr und meine Schwester bekam große Augen. Wann würde ich Tikaani endlich wiedersehen? Hoffentlich nicht erst zu Schulbeginn! So schön es mit meiner Schwester war, ich vermisste meine Gefährtin furchtbar.

Na, dann muss ich sie unbedingt besser kennenlernen. Bestimmt wird es toll, wenn wir alle an der Clearwater High sind, sagte Mia, während sie neben mir eine Hügelkuppe überquerte. *Falls Mam und Pa es wirklich erlauben.*

Ich blieb stehen, als hätte ich eine Gefahr gewittert. *Wieso, ich dachte, du hast schon mit ihnen geredet?*

Ja, aber beim letzten Mal haben sie gesagt, es gäbe noch eine wichtige Bedingung, meinte Mia und hielt ebenfalls an.

Was für eine Bedingung?, fragte ich alarmiert. *Davon hast du vorher nichts gesagt!*

So langsam wirkte auch Mia besorgt, obwohl sie sich nicht viel davon anmerken ließ. *Wird bestimmt nichts Schlimmes sein. Nichts essen, was schon sehr lange tot ist, mir von anderen Raubtieren nichts bieten lassen, solche Sachen. Du kennst doch Pa.*

Doch das beruhigte mich nicht. *Es muss etwas Wichtigeres sein, sonst hätten Mam und Pa es nicht extra erwähnt,* gab ich zurück. Ich hatte mich furchtbar darüber gefreut, dass meine Schwester zu mir an die Schule kommen würde – vielleicht zu sehr. Was war, wenn es nicht klappte? Das wäre ein harter Schlag für mich, weil ich sie dann höchstens alle paar Monate sehen würde. Das Ersatzrevier meiner Familie im Gallatin National Forest war zu weit weg von der Clearwater High.

Schweigend gingen wir weiter und lauschten und witterten, damit wir nicht versehentlich einem Wanderer oder Grizzly über den Weg liefen. Beunruhigt merkte ich, dass der Autoverkehr zunahm. Waren wir in der Nähe von Gardiner? Das war die einzige Ortschaft im Umkreis.

Wir müssen einen großen Bogen um die Häuser machen und warten, bis es spät ist, bevor wir die Gegend durchqueren, sagte ich zu Mia und hatte erwartet, dass sie sofort zustimmen würde. Stattdessen begannen ihre Augen verdächtig zu glänzen. *Kann man dort auch Speckpfannkuchen essen gehen, so wie in der Stadt bei deiner Schule? Ich hab Hunger – und an dem Federvieh, das wir heute früh gerissen haben, war nicht viel dran.*

Wir haben kein Geld dabei, wandte ich ein und versuchte, den

Gedanken an ein dampfendes, saftiges Steak zu verdrängen, das man nicht selbst jagen musste, sondern einfach bestellen konnte.

Vielleicht finden wir Geld, meinte Mia fröhlich. *Du hast doch erzählt, Menschen wären ungeschickt, kann doch sein, dass sie mal etwas davon fallen lassen.*

Ich fauchte sie an. *Wir laufen NICHT als Pumas durch die Stadt, das ruft nach Ärger!*

Haha, früher war es anders bei uns. Mia wich meinem Prankenhieb aus und lachte in meinem Kopf. *Du wolltest ständig die Menschenwelt auskundschaften und ich hab gesagt, du sollst gefälligst vorsichtig sein. Warum können wir eigentlich nicht in Menschengestalt in die Stadt?*

Weil wir nichts zum Anziehen haben, du Flohbeutel, antwortete ich.

Ach so, stimmt. Dann ziehen wir eben unseren Pelz an, okay?

Große Schwestern können ganz schön hartnäckig sein. Einige Stunden später schlichen wir als Pumas durch das schlafende, dunkle Örtchen Gardiner, das bestimmt nicht mehr als tausend Einwohner hatte. Mia hielt vergnügt Ausschau nach verloren gegangenen Münzen oder sogar Scheinen und ich war mit Sorgenmachen beschäftigt. Ständig schaute ich mich um. Da, eine Bewegung! Ich duckte mich fauchend und machte mich bereit, loszusprinten.

Seit wann hast du Angst vor diesem Zeugs, auf das Menschen Zeichen malen? Mia amüsierte sich königlich.

Mit einem Prankenhieb schleuderte ich das weiße Knäuel beiseite und der Wind ließ es weiterkullern. *Es heißt übrigens Papier,* brummte ich – und stutzte, weil ich gerade etwas wahrgenommen hatte, mit dem ich hier überhaupt nicht gerechnet hätte.

In unserem ersten Jahr auf der Clearwater High hatten wir gelernt, wie man sich mit jemandem auch dann von Kopf zu Kopf verständigen kann, wenn derjenige nicht neben einem steht, sondern etwas weiter weg ist. Unser Lehrer Mr Ellwood hatte uns so darin gedrillt, dass ich mit meinen Fernrufen inzwischen ganz ordentlich weit kam und sie aus einer Entfernung von mehr als einem Kilometer empfangen konnte. Das, was gerade in meinem Kopf echote, war ohne Zweifel ein solcher Ruf … aber beim großen Gewitter, von wem?

Nicht sehr katzig

Ganz schön seltsame Situation: In der nachtdunklen Kleinstadt standen wir als Pumas auf einem Bürgersteig, der sich kühl und hart unter unseren Pfoten anfühlte, und lauschten dabei angestrengt auf etwas, was kein Mensch hören konnte. Aber es lohnte sich. Wenn ich mich konzentrierte, hörte ich die Gedankenstimme deutlicher … und merkte, dass es kein Ruf war, sondern eher ein Klagegesang. Wütende und traurige Worte, die nur ein anderer Woodwalker auffangen konnte. *Ich hasse es, gefangen zu sein, das ist so was von Dorn-in-Pfoten-mies! Wieso können die Menschen über uns bestimmen? Raus hier, ich muss raus hier! Aber wie?*

Hörst du das?, fragte ich Mia atemlos und sie nickte. *Aber nur ganz leise, ich habe nichts verstanden. Könnte das ein Haustier-Wandler sein?*

Entweder das oder ein wild lebender Wandler, der von Menschen eingefangen worden ist, meinte ich und versuchte, demjenigen zu antworten. Aber ich war nicht sicher, ob sie ihn erreichte.

Es machte mich ganz kribbelig, dass wir hier unschlüssig mitten im Ort herumstanden. Es wurde in nicht allzu langer Zeit hell, dann durften wir nicht mehr hier sein. Wahrscheinlich waren die Bewohner von Gardiner wilde Tiere gewohnt, schließlich lebten sie am nördlichen Rand des Yellowstone-Nationalparks. Aber ich hatte keine Ahnung, wie sie auf zwei Pumas mitten in ihrem Ort reagieren würden.

Wir schlichen hinter den Häusern an der Hauptstraße entlang, verhedderten uns beinahe in einer niedrig gespannten Wäscheleine, wurden von einem Wachhund in Hundesprache angemotzt, duckten uns hinter geparkte Autos und versuchten, der Stimme nachzuspüren, die ich eben gehört hatte.

Vielleicht ist er in dem Haus hier?, fragte Mia und hob witternd die Schnauze vor einem großen Gebäude, auf dem ich das Wort »Bäckerei« entzifferte.

Hey, ich dachte, du kannst schon lesen – hier gibt's nur Brötchen und keine Notfälle, sagte ich. *Aber wir sind ganz in der Nähe, glaube ich.*

Leider war der Klagegesang gerade verstummt und ich konnte nicht mehr sagen, von woher genau er gekommen war. Ich versuchte noch einmal, Kontakt aufzunehmen. *Hallo, fremder Woodwalker! Kannst du uns sagen, wo du gefangen bist? Dann können wir dir vielleicht helfen.*

Erstauntes Schweigen. Dann kam zurück: *Wer seid ihr? Ich bin Terry. Falls ihr mir wirklich helfen könnt, dann schwingt die Pfoten, es ist nämlich katzig hier im Tierheim!*

Verblüfft blickten Mia und ich uns an, dann kapierten wir, dass es wahrscheinlich ein Hunde-Wandler war, mit dem wir es hier zu tun hatten. Für den war »katzig« bestimmt die übelste Bezeichnung, die ihm einfiel.

Ich sagte ihm, wie wir hießen, und verschwieg ihm lieber, was wir in zweiter Gestalt waren. Dann ließ ich mir von Terry beschreiben, wie das Tierheim aussah – anscheinend war es ein niedriges, hellgrau gestrichenes Gebäude ein Stück von der Hauptstraße entfernt, mit Maschendrahtzaun drum herum.

Kurz darauf standen wir in Pumagestalt davor.

Und was ist? Könnt ihr mich rausholen?, fragte Terry hoffnungsvoll.

Ich drückte mit dem Kopf gegen die Vordertür. Natürlich war sie abgeschlossen und ich hatte keine Ahnung, wie man ein Schloss knackte. *Sieht schlecht aus,* sagte ich. *Wir probieren es tagsüber, wenn das Tierheim aufhat, noch mal. Hältst du bis dahin durch?*

Ein lang gezogenes Geheul ertönte in meinem Kopf. Anscheinend war Geduld nicht Terrys Stärke.

Wie machen wir das?, fragte mich Mia mit unternehmungslustig blitzenden Augen. *Stürmen wir rein, schnappen uns den komischen Typen und rennen weg?*

Ich musste daran denken, wie Theo und ich vor unendlich langer Zeit meine Rothörnchenfreundin Holly aus dem Tierheim abgeholt hatten, weil sie in zweiter Gestalt Touristen beklaut hatte.

Brauchen wir gar nicht, wir tun einfach so, als wollten wir Terry als Haustier mitnehmen. Cool, oder?

Falls ihr mich noch mal »komischer Typ« nennt, komme ich aber nicht mit, beschwerte sich unser neuer Schützling.

Wie du willst, antwortete ich, worauf sofort Ruhe war.

Mein Plan hatte leider einen Haken. Wir konnten nur als Menschen einen Hund adoptieren, und um uns verwandeln zu können, brauchten wir Klamotten.

Ich glaube, ich hab hinter einem Haus welche gesehen, fiel es mir zum Glück ein – und tatsächlich, dort fanden wir eine Wäscheleine, an der Hemden und Hosen im Nachtwind pendelten. Ich zögerte kurz, bevor ich ein paar davon packte, aber es war schließlich ein Notfall und außerdem konnten wir die Sachen zurückgeben, wenn wir sie nicht mehr brauchten.

Leider lebten anscheinend nur Frauen und Mädchen in diesem Haus. Mia sah ganz gut aus in ihrem rosa T-Shirt und der Jeans, die sie allerdings festhalten musste, weil sie ihr ständig von den Hüften rutschte. Ich hatte weniger Glück gehabt und in meiner Größe nur eine Blümchenbluse und weiße Shorts gefunden.

»Du siehst aus wie eine Wiese im Frühling«, sagte Mia und versuchte, sich mit ihrer freien Hand die ein bisschen struppigen, schulterlangen dunkelblonden Haare durchzukämmen. Als sie mich angrinste, sah ich, dass ihre Eckzähne noch teilverwandelt waren.

»Die müssen weg«, sagte ich und deutete darauf.

»Wieso? Sind doch praktisch«, sagte Mia und rammte die Eckzähne in eine verschlossene Keksdose, die auf der Veranda gestanden hatte. Einen Wimpernschlag später schleuderte sie die Dose im hohen Bogen weg. »Iiiih, das schmeckt ja noch ekliger als Wapitidung! Und so was essen die Menschen?«

»Woher weißt du, wie Wapitidung schmeckt?«, fragte ich, schaute mich besorgt um, ob das Klappern jemanden geweckt hatte, und schnupperte an der Dose. »Da hat jemand Blumendünger reingetan, du hirnloses Biest. Erst wittern, dann probieren!«

»Jaja, das sagt der Richtige. Wie war das damals, als wir auf der Wiese diesen toten Biber gefunden haben, der schon sehr lange nicht mehr frisch war?«

»Da war ich noch klein und wusste nicht, was ich tue«, brummte ich.

Leider hatte jemand den Lärm gehört, schon gingen im Haus die Lichter an. Nichts wie weg! Wir borgten uns zwei Paar Gummistiefel und rannten über den Schotter der Auffahrt. Jemand rief uns hinterher, aber wir achteten nicht darauf.

Ihr wart aber lange weg, sagte Terry, als wir wieder am Tierheim waren. *Was habt ihr gemacht?*

Keksdosen angegriffen, antwortete Mia. Sie setzte sich auf die Eingangsstufen des Tierheims, schloss die Augen und war kurz darauf eingeschlafen. Auch mir fielen die Augen zu und ich versuchte nicht, sie daran zu hindern. Schließlich dauerte es noch ein paar Stunden, bis das Tierheim öffnete.

Ich habe einen leichten Schlaf, dafür sorgen meine Katzeninstinkte, die mir in der Wildnis mehr als einmal das Leben gerettet hatten. Irgendwie musste ich gespürt haben, dass jemand in der Nähe war, denn ich schrak hoch und sah, dass eine rundliche Frau vor Mia und mir stand und uns beobachtete. Sie hatte eine Stupsnase und lange blonde Haare, die ihr über den Rücken fielen. In ihrer Hand baumelte ein Schlüssel an einem langen Stoffband.

»Na, ist denn schon Fasching?«, fragte sie ein bisschen misstrauisch, während sie unsere Kleidung inklusive Gummistiefel musterte. Eulendreck, hätten wir uns nur die Zeit genommen, bessere Sachen zu suchen!

»Fasching? Was ist …«, begann Mia, die ebenfalls aufgewacht war.

»Wir wollen uns ein Haustier anschaffen«, unterbrach ich sie schnell … und sah entsetzt, dass Mia zu einem gewaltigen Gähnen ansetzte. Natürlich hatte sie vergessen, ihre Fangzähne zurückzuverwandeln.

Zum Glück habe ich erstklassige Reflexe. Ich klatschte meiner verdutzten Schwester die flache Hand vor den Mund, noch während sie dabei war, ihn aufzureißen. »Höfliche Leute halten sich die Hand davor«, sagte ich streng.

Mia knurrte irgendetwas, was durch die Handfläche in ihrem Gesicht sehr schwer zu verstehen war.

»Schön, dass es noch junge Leute gibt, die wissen, wie man sich benimmt«, sagte die Tierheimfrau und wirkte schon etwas freundlicher als zu Anfang. »Was für ein Tier hättet ihr denn gerne?«

Besser, ich prüfte nach, ob ich richtig vermutet hatte. *Terry! Was bist du eigentlich für ein Tier?*, rief ich dem Gefangenen zu und sofort kam zurück: *Ein wunderschöner Hund, der die besten Eigenschaften von mehr als zehn verschiedenen Rassen geerbt hat!*

»Einen etwas nervigen Mischlingshund«, sagte ich und die Tierheimfrau musste lachen. »So was haben wir, kommt rein.«

Mia und ich entspannten uns etwas. Vielleicht würde die große Befreiung doch noch klappen und dann konnten wir uns endlich wieder auf den Weg zu unseren Eltern machen. Die Frau schloss auf, winkte uns durch einen Eingangsbereich und führte uns dann zu einem Gang, in dem auf beiden Seiten vergitterte Zellen mit je einem Hund darin waren. Die witterten natürlich sofort, dass wir Raubkatzen waren, und fingen an, ohrenbetäubend zu kläffen.

»Ruhe!«, brüllte die Tierheimfrau, doch die Wirkung war die gleiche, als hätte sie »Guten Appetit!« gesagt. Zwanzig Hunde in den verschiedensten Größen und Farben, die alle große Lust auf eine Katzenjagd hatten, fletschten die Zähne, geiferten und bellten sich fast die Lunge raus.

Mia presste die Hände auf die Ohren und wich zurück. Die Tierheimfrau warf ihr einen seltsamen Blick zu. Verdammt, gleich glaubte sie uns nicht mehr, dass wir wirklich einen Hund wollten! Ich zwang mich zu einem Lächeln und machte einen Schritt nach vorne.

»Wie wäre es mit dem hier?«, fragte die blonde Tierheimfrau und zeigte auf einen Schäferhund, der immerhin wedelte, während er bellte. »Er mag Kinder und ist gut erzogen. Ein wirklich hübsches Tier, oder?«

Terry, bist du das?, fragte ich und ein lautstarkes *NEIN!* kam zurück. *Das ist Hugo, er ist ein Fiesling und prahlt immer damit, dass er die Wohnung auseinandernimmt, wenn man ihn allein daheim lässt!*

»Ja, ähm, er ist hübsch, aber ich muss, äh, sofort eine Verbindung zu dem Hund spüren und bei dem ist das nicht so«, druckste ich herum.

Gleich kommst du zu mir – na endlich, verkündete Terry und ich betrachtete mit Grausen den schwarzen Dobermann, der mich mit stechendem Blick musterte.

Hier! Hier! Hier!, schrie jemand und erleichtert merkte ich, dass der Ruf aus der Nachbarbox kam. Darin hüpfte ein kniehoher grau-weißer Wuschelball herum. Das sollte die beste Mischung aus zehn Rassen sein? Es sah eher aus wie etwas, mit dem man den Boden aufwischen konnte.

Natürlich sagte ich trotzdem: »Den hier hätte ich gerne, der ist genau der Richtige, so süß und zutraulich!« Schließlich war ich auf einer Befreiungsmission. Doch die Tierheimfrau zögerte. »Flauschi ist ein bisschen schwierig. Er macht immer das Gegenteil von dem, was man ihm befiehlt, und ist seinen letzten Besitzern mehrmals weggelaufen.«

Mitleidig blickte ich den kleinen Woodwalker an. Flauschi! Da wäre ich auch weggelaufen. »Ach, das macht nichts, wir kommen gut mit Tieren zurecht.«

In diesem Moment witterte mich Terry und wich an die Rückwand zurück. *Du bist ein Puma?! Vergiss es, war eine blöde Idee, ich bleibe doch lieber hier.*

Sei nicht albern, mach schnell wieder einen auf zutraulich, dann bringe ich dich hier raus, teilte ich ihm ungeduldig mit, weil es in diesem Gang nach einem ganzen Hunderudel stank und ich nicht sicher war, wie lange ich das noch ertrug.

Ihr habt sicher bloß Hunger, stimmt's?, knurrte Terry. *Ihr braucht einen Snack, weil ihr zu faul seid, euch ein Reh zu jagen.*

Blödsinn. Ich verdrehte die Augen. *Sonst hätte ich den Dobermann nehmen können, an dem ist deutlich mehr dran.*

Die Tierheimfrau versuchte, Terry die Leine anzulegen, doch er sträubte sich entschlossen. Als sie ihn am Halsband aus der Box führen wollte, stemmte er alle vier Beine gegen den Boden und weigerte sich, in meine Richtung zu gehen. Dieser verdammte Kerl! Er hatte es geschafft, dass die Tierheimfrau wieder misstrauisch wurde.

»Sieht so aus, als wollte er auf gar keinen Fall mit euch gehen«, sagte sie.

Ich hatte genug. »Tja, dann nehmen wir ihn eben nicht«,

sagte ich, lächelte ein bisschen grimmig und drehte um. Genau fünf Schritte schaffte ich, bevor jemand mir in den Kopf jaulte: *Ich hab's mir überlegt, bitte befrei mich, ich kann dann ja draußen gleich weglaufen, okay?*

Okay, erwiderte ich und seufzte.

Es war ein ziemlich bescheuertes Gefühl, mit einem kleinen Hund an der Leine durch dieses Haus zu laufen. Die Wölfe an unserer Schule hätten sich so was von totgelacht und tausend Witze gerissen über Puma-Wandler und das, was sie unterwegs so auflasen.

Um Terry mitnehmen zu dürfen, mussten Mia und ich allen möglichen Papierkram ausfüllen. Ich hatte zwar inzwischen einen Nachnamen – »Goldeneye« nannten wir uns, seit mein Vater sich so im Krankenhaus angemeldet hatte –, aber für diesen Anlass dachte ich mir natürlich etwas anderes aus. Auch bei Wohnort und Telefonnummer ließ ich meiner Fantasie freien Lauf.

Endlich waren wir so weit, meine Schwester und ich winkten der Tierheimfrau zum Abschied zu und hatten unseren befreiten Woodwalker dabei. Ich wunderte mich ein bisschen, warum Terry so niedergeschlagen wirkte, obwohl er raus in die Freiheit durfte.

»Gleich sind wir weg«, murmelte ich Mia erleichtert zu. »Bloß raus hier.«

Das war genau der Moment, in dem Terry zum zweiten Mal alle vier Pfoten gegen den Boden stemmte. *Ich kann hier nicht weg – meine Freundin ist noch hier! Ohne sie gehe ich nicht!*

»Was für eine Freundin?«, knurrte ich, lächelte und winkte weiter, weil die Tierheimfrau uns mit gerunzelter Stirn hinterherstarrte.

Sie heißt Tabitha und sie muss noch irgendwo im Tierheim sein!

»Alles in Ordnung?«, fragte uns die Frau.

»Jaja, er vermisst nur die anderen Hunde so sehr«, sagte ich und schleifte Terry am Halsband nach draußen. Meinetwegen konnten wir gleich über diese Freundin reden, aber erst mal mussten wir hier weg.

Tabitha

Wir kauerten uns in der Nähe des Tierheims hinter ein paar Büsche und ich nahm Terry Halsband und Leine ab. Er schüttelte sich erleichtert und hechelte. *Danke, Leute! Aber jetzt müssen wir dringend Tabitha helfen. Sie ist eine wirklich gute Freundin von mir!*

»Okay«, sagte meine Schwester großmütig. »Was für ein Tier ist sie?«

Keine Ahnung, bekam sie zur Antwort. Verblüfft blickten wir Terry an.

Na ja, ich hab sie nie gesehen, aber wir haben uns ganz oft von Kopf zu Kopf unterhalten, während wir beide in diesem Tierheim gefangen waren, und da haben wir uns angefreundet, berichtete Terry und hob das Bein, um einen Zaunpfahl in der Nähe zu markieren. *Sie hat mir Mut gemacht und zu mir gehalten.*

»Na gut«, sagte ich. »Wir gehen noch mal zurück und befreien sie, okay?«

Als wir hörten, dass die Tierheimfrau in einem anderen Raum mit Futterzubereiten beschäftigt war, schlichen wir zurück ins Innere. Dort herrschte ohrenbetäubender Krach, weil alle Tiere ihr Futter forderten. Das war praktisch, denn so fiel es nicht auf, dass wir gerade an den Hundeboxen vorbeitappten und jede Menge Gebell abbekamen. Terry brummte: *Ja, es ist unfair, dass nicht ihr ausgesucht worden seid, aber jetzt haltet die Klappe und denkt mal über euer Fellstyling nach. Tabitha! Wo bist du?*

Keine Antwort. Bei den Hunden war sie offenbar nicht, also weiter. Keinen Moment zu früh, denn schon kam die Tierheimfrau zum ersten Mal mit gefüllten Näpfen durch den Flur. Wir schafften es gerade noch, um eine Ecke zu witschen.

Vielleicht ist Tabitha eine Katze – wär das nicht schräg?, meinte Terry. *Wahrscheinlich eine schwarze, sie hat mal erwähnt, dass sie schwarz ist.*

»Das ist ein wichtiger Anhaltspunkt – wieso hast du das nicht gleich gesagt?«, meinte ich.

Terry reckte trotzig die Schnauze. *Was bedeuten schon Äußerlichkeiten bei einer so wunderbaren, tiefen Freundschaft?*

Manchmal hatte der Fellball tatsächlich recht.

Kurz darauf standen wir vor einem Gehege mit großem Kratzbaum, aus dem uns ungefähr fünfzehn Katzen skeptisch oder alarmiert anblickten. Darunter drei schwarze.

Tabitha?, fragte Terry eine von ihnen, die steifbeinig ans Gitter gestakst war, und näherte seine Nase ihrem aufgeplusterten Fell.

Gleich darauf musste er zurückspringen, um keine Kratzspur quer über die Nase zu kassieren.

»Und du bist sicher, dass du dir diese Freundin nicht eingebildet hast?«, fragte Mia und zog ihre rutschende Hose hoch.

Ganz ehrlich? So viel Fantasie hab ich nicht. Auch Terry wirkte allmählich nervös. *Moment mal, jetzt weiß ich Bescheid! Sie hat mal erwähnt, dass sie fliegen kann!*

Also pirschten wir weiter zu den Käfigen mit den Flatterviechern. Sie waren weniger angriffslustig und beachteten uns überhaupt nicht. Das war die gute Nachricht.

Die schlechte war, dass sie alle bunt waren, es gab Vögel in

Orange, Gelb-Weiß, Blau und Grün. Schwarz dagegen war weit und breit nicht in Sicht.

»Spürt ihr hier einen Wandler? Ich nicht – außer euch beiden«, sagte ich und Terry ließ Ohren und Schwanz hängen. *Aber sie muss doch hier irgendwo sein. Tabitha, melde dich!*

Keine Antwort.

Nun waren gleich auch die Vögel dran mit dem Gefüttertwerden, alarmiert hörten wir die Tierheimfrau näher kommen. Sie sang bei der Arbeit irgendein Lied, in dem es darum ging, dass Landstraßen sie nach Hause bringen sollten, und schüttelte eine Dose mit Körnerfutter.

»Wir müssen hier raus, sonst haben wir gleich richtig viel zu erklären«, drängte ich. »Vielleicht können wir unsere Schulleiterin bitten, dass sie Tabitha später ...«

»Moment mal, da ist was!« Mia richtete sich plötzlich auf. Ja, nun konnte ich es ebenfalls hören. Es waren keine Worte, nur ein seltsames Geräusch. War das ein Gähnen? Ja, eindeutig.

Dann erklang eine Mädchenstimme in unseren Köpfen. *He, Leute, hat mich jemand gerufen? Bist du das, Terry? Hab gerade geschlafen. Ist es noch hell draußen?*

Tabitha!, rief Terry, er klang sehr erleichtert. *Wir holen dich raus! Was für ein Tier bist du?*

Doch ich hatte es schon kapiert. »Schwarz und verschlafen bei Tag – sie muss eine Fledermaus sein«, sagte ich hastig und fügte in Gedanken hinzu: *Wo finden wir dich, Tabitha? Sag es uns schnell, wir haben nicht mehr viel Zeit!*

Es ist irgendein Zimmer ohne Fenster und dafür mit einem Schreibtisch, sagte Terrys Freundin. *Ich stecke schon seit genau dreizehn Tagen, sieben Stunden und fünf Minuten hier fest, wenn die Uhr auf dem Schreibtisch richtig geht, und muss zusehen,*

wie Mrs Waters sich Kaffee macht, Futter bestellt und Spendenbettelbriefe schreibt!

Eulendreck, das musste das Büro der Tierheimfrau sein. Wenn man uns dort erwischte, würde es schwierig werden mit den Ausreden.

Fledermäuse passen doch gar nicht in ein Tierheim, meinte Terry erstaunt. *Euch hat niemand abgegeben, oder?*

Nein, sie hält uns als ihre Privathaustiere. Ist das nicht eine Frechheit?, kam es empört zurück. *Mich und ein paar andere hat sie eingefangen, weil sie unbedingt auch ein paar Fledermäuse unserer Art haben wollte.*

Frechheit, bestätigte ich ihr. So leise wie möglich öffneten wir die Türen, an denen wir vorbeikamen, versetzten ungefähr zwanzig Zwergkaninchen in Panik, stolperten fast über einen Kasten mit einer gefleckten Riesenschlange und schlugen schnell die Tür einer Putzkammer wieder zu, bevor uns der umkippende Besen am Kopf treffen konnte.

Dann endlich, das Büro! Wir schlichen hinein, schlossen die Tür vorsichtig hinter uns und sahen sofort die Voliere mit Fledermäusen, die alle kopfüber an einem Ast hingen wie reife Früchte und ziemlich verpennt wirkten. Die meisten hatten sich die Flügel um den Körper gewickelt, aber nun streckte eine von ihnen die schwarzen, halb durchscheinenden Schwingen. *Hey, Leute, schön, dass ihr da seid! Wollt ihr mich ernsthaft befreien? Das fände ich hervorragend.*

Na klar befreien wir dich, verkündete Terry stolz. *Ich habe gesagt, ich gehe nicht ohne dich. Ist das cool, oder was?*

Terry, bist du etwa der Hund?, kam es zurück. *Du siehst aber flauschig aus.*

Ich bin NICHT flauschig!, knurrte Terry, stemmte sich mit den Vorderpfoten gegen die Glaswände der Voliere und versuchte, in den Riegel an der Außenseite zu beißen. Typisch für einen Woodwalker, der sich noch nie verwandelt hatte.

»Lass mich mal«, meinte ich und untersuchte mit meinen Menschenhänden die Verriegelung der Voliere. Sie sah ziemlich kompliziert aus.

Bitte mach weiter, fremder Woodwalker!, feuerte mich Tabitha an, während ich einen Sicherungsstift herauszog. *Von innen geht das mit dem Riegel nicht, ich hab's auch schon in Menschengestalt versucht.*

»Aber du hättest als Mensch die Glasscheibe kaputt machen und so ausbrechen können«, meinte Mia.

Na ja, Vandalismus ist nicht so mein Fall, gab Tabitha zurück.

Vandawas?, fragte Terry.

Blindwütige Zerstörung, übersetzte seine Freundin. *Äh, könntet ihr euch vielleicht beeilen? Ich höre Schritte im Flur, wahrscheinlich wird Mrs Waters euch gleich erwischen und den Behörden übergeben …*

Jetzt hörten wir anderen es auch. Wir erstarrten – aber nur ganz kurz. Dann tauchte Terry mit einem kühnen Sprung unter den Schreibtisch, wo er auf dem Bauch in Deckung schlitterte. Mia und ich quetschten uns in eine Nische zwischen einem Schrank und der Wand. Doch in der war eigentlich nur Platz für eineinhalb von uns.

»Meine Arme werden gerade zerquetscht«, ächzte ich. »Luft

kriege ich auch keine.« Meine Nasenspitze berührte fast die staubige hölzerne Seitenwand des Schranks.

»Egal! Schlimmer ist, dass ein kleines Stück von mir noch ins Zimmer ragt«, berichtete Mia. »Was soll ich machen?«

»Beim großen Gewitter! Warum bist du nicht *in* den Schrank gekrochen?«

»Hättest *du* ja machen können.« Mia bleckte die Zähne in meine Richtung, was bei ihren winzigen Menschenzähnen wirklich lächerlich wirkte, und drängte ihren warmen Körper noch enger an mich.

Still, Leute, sie kommt!, rief Terry in unsere Köpfe und wir hielten eilig den Mund.

Ich kam mir vor, als wäre ich zwischen zwei Baumstämmen stecken geblieben. Hoffentlich ging Mrs Waters schnell wieder, sodass wir Tabitha befreien und fliehen konnten!

Fehlanzeige. Wir hörten eine Kaffeemaschine zischen und gurgeln, als sie sich gemütlich ein Tässchen zubereitete. Statt es schnell herunterzuschlürfen und sich dann wieder aufopferungsvoll um irgendwelche ausgesetzten Tiere zu kümmern, machte sie es sich an ihrem Schreibtisch bequem. Ich hörte den Stuhl quietschen, danach das Geräusch von Zeitschriftenseiten, die umgeblättert wurden.

Hinter dem Schrank war sehr, sehr lange nicht mehr geputzt worden. Seither hatten anscheinend einige Tiere dort gewohnt – Tiere, die niemand ausgesetzt hatte. Alte Spinnweben hingen vor meinem Gesicht und kitzelten mich an der Nase. Gleich würde ich niesen müssen ... gleich ... gleich ...

Mrs Waters pupste, stand auf und ging noch mal nach draußen, vielleicht aufs Klo. Kaum war sie weg, schoss eine Art Minihurrikan aus meiner Nase. Immerhin, jetzt waren die Spinnweben weg.

Hastig zwängte sich Mia aus der Nische, lief zur Tür und spähte hinaus. »Sie ist weg – los, kommt!«

Ich wusste es – ihr geht ohne mich!, rief Tabitha verzweifelt. Ich hatte keine Zeit für eine Antwort, stattdessen fummelte ich am Riegel herum, bis ich ihn endgültig offen hatte und die Tür der Glasvoliere aufstoßen konnte.

Ihr seid alle Helden!, jubelte Tabitha, kroch mit halb zusammengefalteten Flügeln in die Freiheit und flog gleich mal eine Runde durchs Zimmer. Ihre Kollegen öffneten ein Auge, schlossen es wieder und schliefen weiter.

Falls wir Helden waren, dann welche, die ziemlich blöd dreinschauten. Schon hörten wir Mrs Waters zurückkommen, wir hatten unsere Fluchtchance verpasst.

Mit einem Riesensatz erreichte ich die Nische wieder. Mia folgte mir nicht, sie riss die Tür eines Schranks auf. »Oh nein«, stöhnte sie. »Der ist voll mit Zeug, es ist kein Fitzelchen Platz, um sich reinzuquetschen!«

Einen Moment später ging die Tür auf. Ganz kurz herrschte Stille, dann schrie die Tierheimfrau los: »Was machen Sie in meinem Büro? Versuchen Sie etwa, meine Akten zu stehlen?«

»Nein, die nicht«, hörte ich Mia erklären. »Ich wollte was anderes mitnehmen.«

»Wollen Sie etwa Geld?«

Leider war Mia nicht sehr gut im Lügen. »Das stimmt, wir suchen Geld. Aber nur ein ganz kleines bisschen davon. Was halt so runtergefallen ist.«

Ich stöhnte innerlich.

Die Stimme der Frau wurde noch ein bisschen schriller. »Ich rufe die Polizei! Rühren Sie sich nicht von der Stelle, sonst hetze ich die Hunde auf Sie!«

Mia stieß vor Schreck einen maunzenden Laut aus, Terry

sprang hoch, als wäre er auf einen Skorpion getreten, und ich war einem Panikanfall nahe.

Na super. Unser Abstecher in die Stadt hatte genau so geendet, wie ich es befürchtet hatte – in einem kompletten Chaos.

Wild und frei

Wir mussten hier raus, auch wenn wir dabei gesehen werden würden. *Weg hier, schnell!,* schrie ich den anderen in Gedanken zu und schob mich aus der Nische ins Zimmer. Die Tierheimfrau glotzte mich verblüfft an, dann warf sie sich förmlich auf das Telefon. Doch auf dem hockte schon eine Fledermaus, grinste sie an, sodass man ihre nadelspitzen Zähnchen sah, und bewegte den Kopf von einer Seite zur anderen.

Leute, die im Tierheim arbeiten, sind hart im Nehmen. Schließlich haben sie jeden Tag mit Dobermännern und Schäferhunden zu tun, die nicht immer ihre Zähne bei sich behalten. »Weg da!«, grunzte die Tierheimfrau nur, fegte Tabitha mit einer Hand vom Telefon herunter und begann, entschlossen auf den Tasten herumzutippen.

He, ich brauche keine Starthilfe! Tabitha trudelte ein Stück in Richtung Boden, fing sich und flatterte hoch.

Seite an Seite rannten Mia und ich nach draußen, während uns Flauschi alias Terry so um die Beine wuselte, dass wir beinahe über ihn fielen. Als ich mich kurz umwandte, sah ich, wie Tabitha eine Ehrenrunde um den Kopf der Tierheimfrau drehte. *Also dann tschüss und danke für die Mehlwürmer, die waren richtig gutes Zeug,* meinte sie, dann schoss sie hinter uns her.

Wir rannten durch den Gang, stießen die Vordertür auf und machten, dass wir rauskamen. In Gummistiefeln kann man nicht gut rennen, aber wir taten unser Bestes. Wir machten einen kurzen Abstecher zu dem Haus von vorhin, um die Stiefel und wenigstens ein paar der Klamotten zurückzugeben, dann rannten wir in Unterwäsche in den Wald und konnten nur hoffen, dass uns niemand dabei beobachtete.

Erst als wir auf einer Lichtung angekommen waren, wagten wir zu verschnaufen.

Terry ließ sich hechelnd ins Gras fallen, Tabitha setzte sich zwischen seine Vorderpfoten und faltete die Flügel zusammen. *Bist du in Ordnung?*, fragte sie Terry.

Ja, und du? Ist dir auch wirklich nichts passiert? Er versuchte, nach oben zu schielen.

Während die beiden sich versicherten, dass es ihnen gut ging und wie toll es war, frei zu sein, verschwanden Mia und ich hinter irgendwelche Büsche, damit wir uns endlich zurückverwandeln konnten.

Vor Schreck begann Terry, wild zu knurren, als wir in Gestalt von zwei zimtfarbenen Raubkatzen wieder zum Vorschein kamen.

Kein Grund zur Panik, wir sind die Guten, sagte Mia, ging unbeeindruckt auf ihn zu und schleckte ihm über den Kopf.

Lass das oder ich jag

dich auf den nächsten Baum, Katze, kündigte Terry an und wir schnaubten vor Lachen.

Ah, ihr seid also Pumas, stellte Tabitha fest. *Lateinischer Name Felis concolor, Verbreitungsgebiet ganz Nord- und Südamerika.*

Mia und ich blickten uns an. Konnte man eigentlich wegen Besserwisserei ins Tierheim kommen?

Wie bist du eigentlich gefangen worden, Tabitha?, fragte ich. Wahrscheinlich hatten sie ein Lexikon als Köder ausgelegt oder so was.

Tabitha seufzte. *Meine Mutter hat gemeint, ich würde bei meiner Oma – bei der wohne ich – zu selten als Fledermaus leben und zu oft als Mensch irgendwo rumliegen, lesen und Lakritze in mich reinstopfen.*

Und war da was dran?, fragte Mia, legte sich gemütlich hin und ließ sich die Sonne auf den Pelz scheinen.

Selbstverständlich war da was dran. Also hab ich ihr versprochen, dass ich in den Sommerferien mal bei einem wilden Schwarm lebe, mindestens fünf Stunden täglich herumfliege und nur gesunde Sachen esse.

Nachtfalter?, meinte ich trocken.

Genau. Tabitha blickte uns mit ihren schwarzen Knopfaugen an. *Ich muss zugeben, beim Schwarm war es lustig … bis diese Frau mich mit ein paar anderen eingefangen und in dieses unerträgliche Tierheim gebracht hat.*

Neugierig beobachtete meine Schwester sie. *Aber jetzt kannst du zurück zu deinen Eltern,* meinte Mia.

Auf keinen Fall! Tabithas Öhrchen zuckten. *Die denken doch, ich bin immer noch mitten in der Natur und sammle dort wichtige und inspirierende Erfahrungen.*

Ach so, sagte ich. *Und was jetzt?*

Keine Ahnung. Auf einmal klang Tabitha kleinlaut. *Vielleicht ziehe ich ein bisschen mit Terry durch die Gegend. Es ist so schön, einen Freund zu haben. Vorher habe ich außer meinen Eltern fast keine Woodwalker gekannt, nur ein Erdhörnchenmädchen, das immer nur übers Löchergraben und seine ungefähr tausend Verwandten reden wollte.*

Terry sprang mit leuchtenden Augen auf. *Oh ja, coole Idee, wir können wild und frei durch die Gegend streifen! Ich bin dabei.*

Tabitha flatterte auf seinen Rücken und sagte zu uns: *Also tschüss dann, Leute. Danke für alles.*

Genau, danke für die Befreiung – total nett von euch, meinte Terry und die beiden machten sich in Richtung Yellowstone auf den Weg. Besorgt blickten Mia und ich ihnen nach. Ich versuchte, mir vorzustellen, wie dieser kleine wuschelige Hund tage- oder sogar wochenlang durch die Wildnis spazierte. Die Frage war nur, was ihn als Erstes erledigen würde, der Hunger, ein Raubtier, das nicht ganz so nett war wie wir, oder ein Ranger, der was gegen streunende Hunde in Nationalparks hatte.

Wartet!, rief ich den beiden nach. *Wovon wollt ihr leben?*

Ich gehe jagen, ist doch klar, sagte Terry, hob witternd die Schnauze und machte einen so heftigen Satz nach vorne, dass Tabitha von seinem Rücken purzelte. Nur leider war die Maus, auf die er es abgesehen hatte, längst in ihrem Loch verschwunden. Terry schaute verdutzt drein. Das Dosenfutter, das er wahrscheinlich gewohnt war, lief ja nicht weg und schon gar nicht so schnell.

Wahrscheinlicher ist, dass du selber gejagt wirst, Terry, erklärte ihm Mia.

Hm, ich fürchte, das stimmt. Tabitha klang düster. *Dann werden deine Knochen diese Ebene dekorieren.*

Sie hatte wirklich eine wunderbar aufbauende Art.

Terry sah sehr traurig aus. *Muss ich zurück in die Stadt? Aber wenn ich da niemanden finde, der mich nimmt, sitze ich bald wieder im Tierheim fest. Und einen Besitzer zu haben, war auch nicht so klasse, das hatte ich schon ein paarmal.*

Wie waren diese Leute denn so?, fragte ich neugierig.

Darüber will ich nicht reden, kam es trotzig zurück. Entschlossen wandte Terry sich um und begann, in Richtung der Drehkiefern am Waldrand davonzutrotten.

Kann ich verstehen, meinte seine Fledermausfreundin, zögerte und warf uns einen Blick zu. Ich schüttelte hektisch den Kopf, was in meiner Pumagestalt wahrscheinlich ziemlich seltsam aussah. Sie musste uns helfen, ihn zu überzeugen, sonst wurde das die totale Katastrophe!

Doch Tabitha hatte andere Pläne, sie streckte die Flügel, hob ab und folgte Terry. *Bei der Brennsonne, ich kann ihn nicht im Stich lassen,* sagte sie zu uns. *Ich werde es schon irgendwie schaffen, ihm zu helfen.*

Nicht zum ersten Mal dachte ich an die neue Erstjahresklasse an der Clearwater High. Entweder ich erzählte den beiden jetzt davon oder es war zu spät. *Ich hätte da eine bessere Idee – und niemand müsste irgendjemanden im Stich lassen,* rief ich den beiden hinterher und klang wahrscheinlich ein bisschen verzweifelt. *Wart ihr schon mal auf einer Schule?*

Klar, schließlich bin ich schon fünfzehn, antwortete Tabitha und schickte mir das Gedankenbild eines etwas misstrauisch dreinblickenden Mädchens in schwarzen Klamotten. *Leider schlafe ich ziemlich oft beim Unterricht ein, weil der ja tagsüber ist, und dann gibt's wieder mal Ärger. Aber meistens kann ich meine Noten retten, indem ich mir nachts die Lehrbücher durchlese.*

Schule?, fragte Terry, ohne anzuhalten. *Wozu soll ich denn auf eine Schule? Ich weiß doch schon genug.*

Ich stöhnte. Hoffnungsloser Fall! Wie es aussah, mussten wir ihn einfach gehen lassen. Aber er würde da draußen in Schwierigkeiten geraten, das war so sicher, wie auf jeden Sommer ein Winter folgte. Tabitha dachte vielleicht, dass sie ihm helfen konnte, aber ohne Klamotten würde sie nicht mal als Mensch auftreten können. Und falls diese beiden einem hungrigen Grizzly begegneten, konnte sie als einzelne Fledermaus höchstens versuchen, ihn zu Tode zu kitzeln.

Was sollte ich tun? Hin- und hergerissen, starrte ich Terry nach und überlegte, ob ich ihn mir schnappen und gegen seinen Willen ins Tierheim zurückbringen sollte. Vielleicht spürte der Hunde-Wandler meine Gedanken, denn er drehte sich um und knurrte mich an. *Vergiss es! Bleib, wo du bist, Katzenjunge!*

Unerwartet ergriff Mia in freundlichem Ton das Wort. *Ist ja lustig, das dachte ich auch – dass ich schon genug weiß,* sagte sie. *Aber Carag hat tolle Sachen in seiner Woodwalker-Schule gelernt, zum Beispiel, wie man sich im Sprung verwandelt oder wie man Wölfe besiegt, die einen angreifen wollen.*

Terry hielt an, auch wenn er sich nicht umdrehte. *Echt jetzt?*

Na ja, manchmal gewinnen auch die Wölfe, musste ich zugeben. *Aber selten.*

Wisst ihr schon, wie man sich verwandelt?, fragte Mia unsere beiden neuen Bekannten.

Nein, gab Terry zu. *Hab ich noch nie gemacht. Kann ich wirklich ein Mensch sein, einfach so, wenn ich es will?*

Na ja, es ist Übungssache, meinte ich und meine Tasthaare zuckten, weil mir meine jämmerlichen Versuche am Anfang des Schuljahres einfielen. *Es klappt nicht immer, wenn man es gerade will.*

Das habe ich leider auch schon gemerkt, gestand Tabitha. *Richtig viel üben konnte ich bisher nicht, weil ich auf einer normalen Schule war.*

Na also, das passt. Allmählich entspannte ich mich und plötzlich kam mir ein Gedanke, der mir richtig gut gefiel. *Ihr kommt mit auf die Clearwater High, werdet Verwandlungsprofis, habt jede Menge Spaß und kriegt lawinenhaft viel Wissen ab. Okay?*

Na gut. Terrys gesträubtes Fell glättete sich und er fletschte nicht länger die Zähne. *Wo ist denn diese Schule?*

Das war ein Problem. Meine Begeisterung ließ so schnell nach wie die eines Welpen, der zum ersten Mal versucht, ein Stachelschwein zu jagen. *Sie ist leider viel weiter südlich, in Jackson Hole. Ein ganzes Stück entfernt.*

Vielleicht könntet ihr uns hinbringen?, fragte Tabitha hoffnungsvoll. *Wenn ich die Landkarte richtig im Kopf habe, müssten wir sonst durch den ganzen Nationalpark, um dorthin zu kommen. Und haben dasselbe Problem wie am Anfang.*

Ich tauschte einen schnellen Blick mit Mia. Nein, auch sie hatte nicht viel Lust darauf, die beiden zu begleiten. Wir waren schon eine Woche lang durch die Wildnis unterwegs zu unseren Eltern … wenn wir jetzt umkehrten, die beiden Neuen bei Lissa Clearwater ablieferten und uns wieder auf den Weg machten, waren die Ferien schon zur Hälfte um, bevor wir endlich bei unserer Familie waren.

Meine Schwester und ich tauschten einen Blick. *Lass sie uns einfach mitnehmen,* flüsterte Mia mir in den Kopf, sodass niemand außer ich sie hören konnte.

Das werden unsere Eltern bestimmt toll finden, flüsterte ich zurück.

Oh ja, bestimmt, antwortete Mia amüsiert. *Immerhin, seit Pa als Hilfslehrer an deiner Schule war, weiß er, dass man Beutetier-Wandler nicht fressen sollte.*

Leider war Terry anscheinend ziemlich gut darin, fremde Gedanken aufzufangen. *Wer ist hier ein Beutetier?,* fragte er empört. *Ihr meint doch nicht etwa mich, oder? Mein Vater war ein Kampfhund!*

Ich war nicht sicher, ob ich das glauben sollte. *Tatsächlich? War der auch schon so flauschig wie du?,* fragte ich und Terry schwieg eingeschnappt. Aber er kam trotzdem mit und das war es, worauf es ankam. Zu viert machten wir uns auf den Weg nach Norden, zum neuen Revier meiner Eltern im Gallatin National Forest.

Eine böse Überraschung

Meine Eltern lebten fast ausschließlich als Pumas und waren natürlich nicht mit irgendwelchen Menschengeräten zu erreichen. Wir konnten sie nicht vorwarnen, dass wir mit zwei Gästen bei ihnen ankommen würden. Ich machte mir ein bisschen Sorgen deswegen, aber meine Vorfreude auf Xamber und Nimca war viel stärker. Sehnsüchtig ließ ich den Blick über die von violettem Rittersporn getupfte, saftig grüne Ebene schweifen, genoss den Anblick der selbst jetzt im Juni noch schneebedeckten Bergkette am Horizont. Ein Schmetterling von der Art, die die Menschen Schwalbenschwanz nannten, taumelte vorbei und Bienen summten um meine Pfoten, als ich vorauslief und unsere kleine Gruppe in den Gallatin National Forest führte.

Kurz darauf fanden wir in einem Tal die ersten Spuren meiner Eltern. *Hier waren sie, kann noch nicht lange her sein,* sagte ich zu Mia, schnupperte an einer Drehkiefer, die meine Mutter mit den Krallen markiert hatte, und sog den würzigen Geruch des Harzes ein.

Freust du dich auch schon so?, fragte Mia und jagte aus purem Übermut halb einen Baum hoch, dann versuchte sie, mich mal wieder umzuwerfen und zu Boden zu ringen. Haha, das konnte sie vergessen.

Unsere Gäste wirkten weniger erfreut als wir. Terry, für den die Strecke sowieso schon hart gewesen war, ging immer langsamer. Weiter und weiter blieb er zurück. Garantiert nicht nur deshalb, weil Tabitha in sein Bauchfell gekrallt mit dem Kopf nach unten eingeschlafen war.

Kommt ihr? Wir sind bald da, drängte ich die beiden, aber zurück kam nur ein *Das ist ja das Problem* und aus Terrys Gedanken sickerte ein Horrorbild von vier wilden Pumas mit blutverschmiertem, aufgerissenem Maul und ausgefahrenen Krallen.

Sei nicht albern, sagte ich. *Meine Mutter ist total nett, und wenn mein Vater dich erst mal akzeptiert hat, gibt's mit dem auch keine Probleme mehr.*

Ein hellbrauner Blitz schoss von einem Felsen herunter und auf uns zu. Einen Wimpernschlag später lag Terry winselnd unter einer großen Pumapfote und Tabitha versuchte, sich mit einem *Was ist? Ist ein Baumstamm auf dich gefallen?* unter ihm hervorzuarbeiten.

Pa!, riefen ich und Mia fast gleichzeitig und stürzten uns glücklich auf Xamber, um uns an ihn zu schmiegen und unsere Köpfe an ihm zu reiben. Gleich darauf kam auch Nimca hinzu und versuchte vor lauter Begeisterung, Mia und mich gleichzeitig abzuschlecken. *Oh, wie schön, dass ihr wieder da seid! Wir haben uns schon so auf euch gefreut. Es ist noch Maultierhirsch übrig, ihr habt doch ordentlich Hunger, oder?*

Klar, haben wir immer, sagte ich und merkte, dass sich mein Magen tatsächlich ziemlich leer anfühlte. Währenddessen flog Tabitha mit einem *Lass ihn los, lass ihn los!* empörte Scheinangriffe auf meinen Vater, die der einfach ignorierte.

Vorsichtig sagte ich: *Ach ja, Xamber, das da unter deiner Pfote ist übrigens ein Freund von uns.*

Tatsächlich?, sagte mein Vater und schaute genauer hin. *Bist du sicher? Das ist ein Hund. Ein sehr kleiner Hund.*

Das wissen wir, mischte sich Mia ein. *Er heißt Terry und wir haben ihn gerade erst aus den Fängen der Menschen befreit.*

Oh, tatsächlich? Das war genau die richtige Bemerkung gewesen. Für Menschen hatte mein Vater nicht viel übrig – bis auf ihren Kaffee. Er packte Terry mit den Zähnen am Nackenfell, hob ihn hoch und setzte ihn wieder aufrecht hin. *Hallo erst mal, Terry, und entschuldige die raue Begrüßung.*

Schon okay, brachte Terry heraus, obwohl er zitterte wie ein hundeförmiges Erdbeben. Tabitha schaute von einem Ast aus besorgt zu, wie ihr Freund sich Erde, Grashalme und trockene Zweige aus dem Fell schüttelte.

Eigentlich ist er ganz niedlich, meinte meine Mutter und ging um Terry herum, um ihn von allen Seiten betrachten zu können.

Ich bin nicht ..., begann Terry trotzig und schnell unterbrach ich ihn: *Die Fledermaus-Wandlerin heißt übrigens Tabitha, wir haben sie auch befreit, ist das nicht toll?*

Sehr erfreut, Sie kennenzulernen, behauptete Tabitha und winkte mit einem Flügel.

Tabitha und Terry wollen nach den Ferien auf die Clearwater High gehen, so wie Mia, fuhr ich schnell fort, um irgendwie ein lockeres Gespräch in Gang zu bringen.

Das ist schön, aber Mia hat dir hoffentlich gesagt, dass es damit

noch ein kleines Problem gibt?, fragte meine Mutter, während sie auf ihren großen, weichen Pranken vorausging, um uns zu den Resten des Maultierhirschs zu führen.

Ich erschrak. Irgendwie hatte ich verdrängt, was Mia vor einiger Zeit angedeutet hatte. *Was für ein Problem denn?*

Mein Vater betrachtete meine Schwester und mich aus seinen stolzen, goldenen Augen. *Wir können nicht erlauben, dass ihr beide so weit weg auf die Schule geht. Nur wenn wir unser altes Revier in Yellowstone zurückerobern könnten, ginge das. Dann wären wir in eurer Nähe und nicht mehrere Tagesreisen entfernt hier in der Gallatin Range, wenn es mal Probleme gibt.*

Aber ... wir sind schon fast ausgewachsen, versuchte meine ältere Schwester Mia einzuwenden. *Wir brauchen niemanden, der uns die Pfote hält, ganz ehrlich.*

Meine Mutter blickte sehr entschieden drein. *Kann sein – aber das ist unsere Bedingung.*

Erschrocken starrte ich die beiden an. Das war eine Bedingung, die schwer zu erfüllen war. In unserem Schulfach »Sei dein Tier« hatte Mrs Parker versucht, es den als Menschen aufgewachsenen Schülern so zu erklären: »Dein Revier zu verlieren, ist so, als würde dir jemand anders einfach so dein Haus, deinen Job und deinen Supermarkt gleichzeitig wegnehmen. Und der neue Besitzer gibt es auf keinen Fall wieder her.«

Damit mussten auch wir rechnen, vor allem bei einem so erstklassigen, beutereichen Gebiet wie dem südlichen Teil des Yellowstone-Nationalparks, in dem meine Familie einmal daheim gewesen war. Vorsichtig fragte ich: *In unserem alten Revier ... dort herrscht noch immer dieses Wolfsrudel, das euch damals vertrieben hat, oder?*

Soweit ich weiß, schon, grollte mein Vater. Beim Kampf mit den Wölfen war damals sein Hinterbein verletzt worden, es hatte lange gedauert, bis er wieder gesund geworden war.

Immerhin, damals warst du verletzt, nur deswegen konnten sie dich und Ma schließlich besiegen, meinte Mia. *Und jetzt bist du wieder so stark wie vorher, oder?*

Es sollte wohl zuversichtlich klingen, aber ich spürte, wie niedergeschlagen sie war. Mir ging es nicht anders. Wir hatten uns beide so darauf gefreut, dass wir in Zukunft auf dieselbe Schule gehen würden, eine von nur drei Woodwalker-Highschools in den USA!

Als wir in der Abenddämmerung den Maultierhirsch erreichten und meine Eltern die tarnenden Zweige von der Beute heruntergezogen hatten, fraßen wir schweigend. Tapfer versuchte Terry, ein Stück von dem Hirsch herunterzubeißen, aber seine Zähne waren zu schwach. *Warte, das haben wir gleich,* flüsterte ich ihm zu, suchte ein Stück aus – einen Knochen, auf dem ordentlich Fleisch war – und trennte es mit einem kräftigen Biss für ihn ab.

Danke, wisperte Terry zurück und wedelte. *Wow, das schmeckt viel besser als HappyDog!* Doch ich merkte, dass er ziemlich fertig war; nach der Mahlzeit rollte er sich völlig erschöpft zusammen und schlief ein.

Ich gehe auch einen Happen essen, mal sehen, was hier so herumschwirrt, meinte Tabitha und flog los auf Insektenjagd. *Bis später, Leute!*

Mia und ich tauschten mit unseren Eltern die neusten Neuigkeiten aus und erzählten einander, wie wir den Großen Tag der Rache bewältigt und die Angriffe des hasserfüllten Puma-Wandlers Andrew Milling auf die Menschen gekontert hatten. Dann fragte Xamber: *Und was ist mit deiner Abschlussprüfung des ersten Schuljahres? Bestanden oder wie man das nennt?*

Als Mensch wäre ich wahrscheinlich rot geworden. *Ja ... allerdings erst im zweiten Anlauf.*

Er legte die Ohren zurück. *Heißt das, du bist bei deinem ersten Anlauf gestolpert? In welchem Fach? Menschenkunde womöglich?* Seine Gedankenstimme klang ironisch, schließlich hatte ich immer der Menschenversteher der Familie sein wollen.

Ähm, nein. In Tiersprachen, gestand ich.

In Tiersprachen! Mein Vater blickte mich an, als hätte ich ihm erzählt, ich würde mir demnächst mein Fell abrasieren lassen. Kein Wunder, schließlich war er auf der Clearwater High ein paar Wochen lang Aushilfslehrer für genau dieses Fach gewesen.

Aber du hast es dann doch geschafft, Carag. Nimca schnurrte und berührte meine Nase mit ihrer. *Gut gemacht, wir sind stolz auf dich. Toll, dass du jetzt so viel Übung in Verwandlung hast, das wird dir noch nützlich sein.*

Ich wartete darauf, dass sie sagen würde, dass dieser Unterricht auch Mia guttun würde. Leider Fehlanzeige.

Spät in der Nacht, als auch meine Eltern dösten, schlichen

meine Schwester und ich uns weg, um eine Krisenbesprechung abzuhalten. *Und was hältst du davon?*, fragte ich Mia.

Äußerst gemein, so was zu verlangen, schnaubte meine Schwester.

Ich fauchte leise. *Aber wenn die beiden sich einig sind, werden sie es sich nicht anders überlegen. Glaubst du, wir könnten es schaffen, unser altes Revier zurückzuerobern?*

Hängt davon ab, wie groß das Wolfsrudel inzwischen ist, schließlich ist das alles ein paar Jahre her, kam es aus der Dunkelheit zurück. *Damals waren es sechs, das weiß ich noch, wir haben es nicht geschafft, gegen sie zu gewinnen.*

Klingt halb so schlimm, meinte ich.

Genau. Pumas sind stärker als Wölfe und wir sind zu viert. Wir beide sind keine Kinder mehr, sondern fast so groß wie Mam und Pa. Ich glaube, wir haben eine Chance, wenn es nicht zu viele sind.

Kann sein, erwiderte ich. *Aber es wird ganz sicher ein harter Kampf. Besser wäre, wir holen uns Verstärkung ... von jemandem, der sich mit Wölfen auskennt!*

Dabei dachte ich an jemand ganz Bestimmtes und sofort schlug mein Herz schneller. Meine Freundin Tikaani – eine Polarwölfin – war eine hervorragende Kämpferin und außerdem wusste sie im Gegensatz zu uns, wie Wölfe dachten und handelten. Zu Anfang hatten wir uns heftig duelliert und nie hätte jemand gedacht, dass wir uns einmal verlieben würden. Am allerwenigsten ich. Ich hatte unendlich lange nicht kapiert, dass Tikaani wegen mir im Kampf gegen Andrew Milling ihr Leben riskiert hatte. Außerdem hatte sie jede Menge Stress mit ihrem Rudel auf sich genommen, damit ihre Gefährten mir nicht ständig Ärger machten.

Vielleicht könnten wir uns sogar mit den Wölfen einigen, fügte ich hinzu. *Kann doch sein, dass sie bereit sind, das Revier zu tauschen.*

Mia schnaubte. *Hat diese Fledermaus deinen Verstand gefressen? Diese Wölfe sind Tiere, keine Woodwalker, ich weiß nicht mal, ob man überhaupt mit denen reden kann.*

Sofort wandte ich ein: *Tikaani kann natürlich Wolfssprache und ich traue ihr zu, das hinzubekommen.* Es war mühsam, meine Gedanken abzuschirmen, aber ich tat mein Bestes, schließlich wollte ich nicht sämtliche Woodwalker im Umkreis wissen lassen, was ich für dieses Mädchen fühlte.

Du hast recht, es könnte tatsächlich wichtig sein, einen Wolf dabeizuhaben, lenkte Mia nach kurzem Überlegen ein. *Oder sogar mehrere, falls du noch welche auftreiben kannst.*

Mal sehen, sagte ich und mir fiel ein, dass Jeffrey mir noch einen Gefallen schuldete. Schließlich hatte ich ihn während der heftigen Kämpfe mit Andrew Milling, bei denen ein Feuersturm über die Berge gefegt war, vor dem sicheren Tod bewahrt. Er war der selbst ernannte Alpha des Wolfsrudels an der Clearwater High und war manchmal ein Dreckskerl, aber auch clever. Und absolut treu, wenn er sich entschieden hatte, zu jemandem zu halten. Lange war er mein größter Feind an der Schule gewesen, noch immer fiel es mir schwer zu glauben, dass es damit vorbei war.

Als meine Eltern in den frühen Morgenstunden begannen, sich zu recken und zu gähnen, wirkten sie ein bisschen erstaunt. Zwei sehr ernste Jungpumas saßen neben ihnen und ließen sie nicht aus den Augen.

Ist was?, fragte Xamber und gähnte, sodass seine Schnauze sich kräuselte und das erste Licht auf seinen fingerlangen Eckzähnen glänzte.

Zusammen schaffen wir es, unser altes Revier zurückzuerobern, verkündete Mia und nur ihre zuckende Schwanzspitze verriet, wie angespannt sie war. *Und dann gehe ich auf die Clearwater High.*

Aha. Als Mensch hätte Nimca sicher gelächelt. *Ihr habt was ausgeheckt, stimmt's?*

Genau, haben wir, mischte sich eine Jungenstimme ein. Als ich runterblickte, sah ich ein wuscheliges weißgraues Etwas, das ganz sicher nicht mehr auf den Namen Flauschi hörte, neben meinem Vorderbein. *Wir helfen mit bei diesem Revierdings, schließlich haben Carag und Mia noch was gut bei uns!*

Genau, bekräftigte Tabitha und streckte die Flügel zu voller Größe aus.

Diese kleinen Spione – eigentlich hätten sie gar nicht mitbekommen sollen, worum es hier ging. Andererseits ... jede Pfote und jeder Flügel zählte. Und besonders Tabitha konnte als Kundschafterin nützlich sein.

Das ist sehr katzig, sagte ich entschlossen. *Also worauf warten wir? Auf nach Yellowstone!*

Schoko-Eis und wunde Pfoten

Leider war Tikaani gerade sehr weit weg, bei ihrer Familie im hohen Norden an einem Ort, der Nunavut genannt wurde. Ich konnte mir kaum vorstellen, wie weit das weg war – so weit wie zum Mond? Ich wusste nur, sie würde mich nicht im Stich lassen. Und wenn *sie* gesagt hätte, dass sie *mich* brauchte, hätte ich mich sofort auf den Weg gemacht, zum Mond oder wohin auch immer.

Zum Glück hatten meine Eltern ein Versteck mit Klamotten. Direkt nachdem wir gemeinsam feierlich den Sonnenaufgang betrachtet hatten, verwandelte ich mich, zog mich an und ging zu einer der wenigen Landstraßen, die durch die Gallatin Range führten. Also durch das neue Revier, in das meine Eltern hatten ausweichen müssen, während ich in Jackson Hole zum ersten Mal versucht hatte, als Mensch zu leben. Inzwischen kannte ich es auch ein bisschen, weil ich sie schon ein paarmal dort besucht hatte.

Ich ging die Landstraße entlang, bis ich die kleine Tankstelle mit Laden und Café erreichte, die weit und breit das einzige Gebäude war.

»Hi«, sagte ich zu dem Typen mit Basecap, der seinen Bierbauch in ein schwarzes T-Shirt gezwängt hatte. Er hatte freundliche Augen und meine Eltern hatten erzählt, dass er ihnen schon mal ein paar Cent fürs Telefon geschenkt hatte.

Zum Glück war ich inzwischen so mit der Menschenwelt vertraut, dass ich weder das Münztelefon anstarrte noch die Auslage von Chips, Süßigkeiten und Softdrinks. Ich holte mir einfach ein Schoko-Eis am Stiel aus der sehr kühlen Truhe oder wie man diese Kisten nannte, bezahlte es mit einem Dollarschein aus dem Versteck meiner Eltern und hastete hinüber zu dem Computer, auf dem Kunden kostenlos ins Internet gehen konnten. Nun war ich ja ein Kunde und ich konnte nicht abwarten, an Tikaani zu schreiben. Jetzt sofort musste ich ihr sagen, wie sehr ich sie vermisste – aber es gibt leichtere Übungen, als mit einem Eis in der Hand zu tippen. Schließlich rammte ich mir das Ding zwischen die Zähne und versuchte, daran herumzulutschen, während ich schrieb. Grinsend schaute der Ladenbesitzer zu, vielleicht weil mir gerade Schoko-Soße die Mundwinkel herunterlief. »Achtung!«, rief der Mann, als das Eis ins Rutschen geriet. Kein Problem. Kurz bevor es halb geschmolzen auf die Tastatur platschte, fing ich es mit einer blitzschnellen Bewegung auf und aß es zu Ende.

»Gute Reflexe«, sagte der Ladenbesitzer anerkennend und ich lächelte ihm zu.

Zum Glück hörte er dann endlich auf, mich zu beobachten, und ich schrieb eine Mail an Tikaani, in der ich andeutete, was in meinem Herzen gerade so los war. Dann erzählte ich ihr, was wir vorhatten, und fragte, ob sie kommen konnte. Für alle Fälle nannte ich ihr einen Treffpunkt in unserem alten Revier, am südlichen Arm des Lake Yellowstone. Als Nächstes schrieb ich an Jeffrey und Brandon. Brandon war zwar mit seinen reichen Eltern auf einer Südseeinsel, aber vielleicht hatte er trotzdem einen Ratschlag für uns.

Fast sofort kam eine Antwort.

Hi Carag,
klingt, als würdet ihr einen guten Anwalt brauchen – soll ich meinen Vater fragen? Keine Sorge, das war ein Witz. Ich drücke euch die Daumen, dass ihr die Wölfe vertreiben könnt ... aber vielleicht ist das gar nicht nötig. Wenn sie darauf verzichten, eure Beute zu klauen (das war doch das Problem, oder?), könnt ihr euch das Revier vielleicht teilen.
Ich werde hier in Hawaii übrigens von der Sonne geröstet, wir sind alle ganz braun geworden, was meine Eltern natürlich schrecklich finden, weil sie das an ihre Bisonfarbe erinnert :-)
Viele Grüße,
Brandon

Das mit dem Daumendrücken hatte ich schon öfter gehört und ich hatte immer noch keine Ahnung, was es bringen sollte, sich irgendwelche Körperteile zu quetschen. Aber Brandons Vorschlag war gut. Wir würden einfach abwarten müssen, was die Wölfe davon hielten.
Auch Jeffrey mailte sofort zurück.

He Alter,
ich mach den ganzen Sommer lang 'n Praktikum beim Radio in Jackson Hole, aber in der Nacht gehöre ich ganz euch ... und falls es dringend ist, melde ich mich halt mal krank und komme zum Helfen, okay?
Halt die Öhrchen steif, Puma.
Jeffrey

PS: Wusstest du schon, dass unsere Lehrerin Miss Calloway schwanger ist? Bin gespannt, ob es eine Klapperschlange oder ein Wolf wird. Oder ein Klapperwolf, haha.

Ich musste lächeln. Seinem Ton nach hatte sich Jeffrey kein bisschen verändert. Oh, Nachwuchs an der Clearwater High? Das würde bestimmt interessant werden.

Von Tikaani kam keine Antwort, wahrscheinlich war sie gerade als Wölfin unterwegs.

Weil ich nicht viel länger in dem Laden herumlungern wollte, verabschiedete ich mich von dem Typ mit der Basecap und machte mich wieder auf den Weg.

Wieder in Tiergestalt, zogen wir los nach Süden, wo hoffentlich in ein paar Tagen Tikaani auf mich warten würde. Ich wusste, dass ihr Vater ein Kleinflugzeug hatte, vielleicht konnte er sie herbringen. Oder machte ich mir etwas vor, war es zu schwierig, aus dem hohen Norden schnell mal zu uns zu kommen? Scheußlicher Gedanke.

Wenn uns jemand gesehen hätte, wäre unsere kleine Gruppe bestimmt ein seltsamer Anblick gewesen. Normalerweise waren Pumas Einzelgänger und hier waren gleich vier von ihnen zusammen unterwegs, und das gemeinsam mit einem Wuschelhund, der unter unserem Bauch durchgehen konnte, ohne sich zu ducken. Wer genau hinschaute, hätte sogar die Fledermaus bemerkt, die uns – wenn sie nicht gerade pennte – vorausflog.

Eigentlich hatten wir vorgehabt, ein gutes Tempo zu halten, egal wo die Sonne gerade stand. Doch am zweiten Tag legte sich Terry ein-

fach hin. *Es ist wirklich krass, ihr lauft an den schönsten Landschaften einfach vorbei! Lasst uns doch mal ausgiebig diesen tollen Ort genießen, Leute.*

Verständnislos blickten Mia, meine Eltern und ich uns um. Um uns herum war Grasland mit ein paar abgestorbenen Kiefern, deren grau verwittertes Holz auf dem Boden herumlag.

Für einen Pflanzenfresser ist das Gras bestimmt ganz nett, meinte mein Vater. *Wenn wir schon beim Thema sind: Wie wäre es mit Gabelbock zum Abendessen? Ich hab in der Nähe Spuren gesehen.*

Oh ja, ich hab voll Bock auf Bock!, rief Mia sofort. Ich verdrehte die Augen. Vielleicht hätte ich darauf verzichten sollen, ihr Menschenausdrücke beizubringen.

Nimca wirkte weniger begeistert. *Ach, lasst uns erst weitergehen, wir haben heute noch nicht viel geschafft. Bis zu unserem alten Revier in der Yellowstone-Gegend ist es noch weit.*

Was ist mit der Landschaft?, protestierte Terry.

Mir fiel auf, dass er ziemlich stark hechelte. *Jetzt mal ehrlich,* sagte ich trocken. *Du kannst nicht mehr und deine Pfoten tun weh, stimmt's?*

Jaaa, schon, gab Terry zu. *Aber die Landschaft …!*

Alles gut, sagte ich amüsiert, weil ich wusste, dass ihn die Aussicht überhaupt nicht interessierte. *Zeig mal deine Pfoten her.*

Tatsächlich, sie sahen ziemlich aufgescheuert aus. Klar, er war aus seinem Haustierleben nicht gewohnt, lange Strecken zu laufen. Außerdem hatte er sich einen Dorn eingepikt.

Oh nein, du Armer!, Tabitha klang völlig entsetzt. *Wahrscheinlich bekommst du jetzt Blutvergiftung und stirbst, noch bevor wir da sind!*

Terry winselte.

Das wäre schon sehr großes Pech, sagte ich und hätte Terry beinahe tröstend über das Kopffell gestrichen. Ja, wir hatten inzwischen gemerkt, dass unsere Fledermaus eine Eins-a-Schwarzseherin war.

Der Dorn musste raus. Nachdem wir uns in die Deckung einiger Büsche zurückgezogen und überprüft hatten, dass kein Mensch in der Nähe war, teilverwandelte ich meinen Oberkörper. Meine Eltern beobachteten uns fasziniert und mir fiel ein, dass sie wahrscheinlich nicht wussten, wie so etwas ging. Ich nahm Terrys Vorderlauf in meine Menschenhände. Es dauerte nur einen Moment, ihm den Dorn rauszuziehen, aber dann stutzte ich, weil ich alte Narben an der Pfote bemerkt hatte. »Was ist dir da denn passiert?«, fragte ich.

Will ich nicht drüber sprechen, kam es sofort trotzig zurück.

Waren das ehemalige Herren von dir?, fragte ich sehr leise von Kopf zu Kopf, damit keiner von den anderen es mitbekam.

Ja, gab Terry schließlich zu. *Die letzten. Zwei der drei Kinder hatten mich lieb, aber sie waren leider ständig weg, zum Hockeytraining, Schülerzeitung und so. Das dritte Kind hatte keine Hobbys außer dem, mich zu quälen. Die Mutter hat's nicht gemerkt und sich nur darüber geärgert, dass ich ständig abgehauen bin.*

Ich war geschockt. »Scheiße«, sagte ich.

Wo? Von welchem Tier?, fragte Mia neugierig.

»Vom Menschen«, sagte ich, stand auf und verwandelte mich zurück in einen Puma. Selten hatte sich das so gut und richtig angefühlt. Ja, ich mochte die Menschen, aber ich war längst nicht mehr blind ihren Fehlern gegenüber.

Die nächsten Tage und Nächte achtete ich darauf, dass wir regelmäßig Pausen machten, und Mia jagte für Terry Hasen und Vögel, die er leicht fressen konnte. Eine Möglichkeit, meine Mails zu checken, fand ich nicht. Wieso hatte ich das verdammte Smartphone nicht aus der Schule mitgenommen, vielleicht in einem Beutel, den ich im Maul hätte tragen können? Dann wäre es ein Kätzchenspiel gewesen, Tikaani zu erreichen.

Schließlich war es so weit, in der Nacht erreichten wir den vereinbarten Treffpunkt am südlichen Arm des Yellowstone Lake. Ich war so aufgeregt, dass ich kaum stillhalten konnte. *Wir sind da, wir sind endlich da, aber wo sind sie? Ich sehe niemand, vielleicht konnten sie doch nicht kommen! Bestimmt hat ihr Vater es ihr verboten oder ...*

Mia sah mir tief in die Augen. *Carag, kannst du bitte noch ein bisschen abwarten, bevor du vor Verzweiflung durchdrehst?*

Wollte ich gerade auch sagen, murmelte meine Mutter.

Xamber markierte währenddessen einen Baum mit den Krallen. *Tabitha, könntest du dich mal umschauen, ob du irgendwelche Wölfe in der Gegend siehst? Wie sehen die aus, auf die wir warten, Carag?*

Weiß und dunkelgrau, sagte ich. *Wenn es mehr als zwei sind, Tabitha, dann komm so schnell wie möglich zurück und warne uns, okay?* Ich wollte nicht unvorbereitet auf das Rudel stoßen, das meine Familie damals aus dieser Gegend verjagt hatte.

Schon kurz darauf kehrte unsere Fledermaus zurück. *Einen Wolf habe ich gesehen, er ist nicht mehr weit weg und ich glaube, er ist ein Woodwalker!*

Es fühlte sich an, als würde vor Freude mein Herz stehen bleiben. *Weiß oder grau?*

Dunkelgrau, erwiderte Tabitha und ich war ein bisschen enttäuscht. Kaum hatte sie fertig geredet, kam Jeffrey auch schon aus dem Gebüsch gelaufen und betrachtete uns mit seinem gewohnt hochmütigen Gesichtsausdruck, den er irgendwie auch in seiner zweiten Gestalt hinbekam.

Cool, dass du da bist!, sagte ich zu ihm. *Total nett, dass du uns hilfst.*

Gib zu, du bist enttäuscht, dass ich nicht jemand anders bin. Jeffrey verzog die Lefzen zu einem Grinsen. *Und kommt auch unsere gemeinsame weißfellige Freundin?*

Ich weiß es nicht – hoffentlich, meinte ich.

Ja, hoffentlich. Nun endlich begann Jeffrey-der-Wolf zu wedeln und lief auf mich zu, bis wir uns mit dem Schnauzenstüber begrüßen konnten. *Hätte ich ja nie gedacht, aber ich freue mich, dich zu sehen. Es war todlangweilig mit meinen Eltern. Mein Vater hat nur die neue Firma im Sinn, die er gründen will, und für meine Mutter sind es gelungene Ferien, wenn sie mit ihrem neusten Strickpullover aus meiner eigenen Wolfswolle weiterkommt.*

Oh wow, sagte ich. *Da hattest du beim Austausch mit dieser Schule in Costa Rica ja deutlich mehr Spaß, auch wenn du im Gepäckraum hinfliegen musstest.*

Klar hatte ich da Spaß, behauptete Jeffrey gut gelaunt. *Lustig war auch, mit anzusehen, wie du versucht hast, dort im Kampfunterricht einen Kaiman zu vermöbeln. Oder wie diese Anakonda den Fehler gemacht hat, sich unser Horror-Hörnchen Holly als Beute auszusuchen.* In diesem Moment entdeckte Jeffrey das flauschigste Mitglied unserer Gruppe. *He, wer ist das denn?*

Mitbringsel aus dem Tierheim, erklärte ich.

Als der große Wolf zu ihm hinstakste, fiepte Terry: *Nur dass du es weißt, ich kann ganz schön gefährlich sein, wenn man nicht nett zu mir ist!* Dann warf er sich unterwürfig wedelnd auf den Rücken, wahrscheinlich um auf Nummer sicher zu gehen.

Ach, wirklich, sagte Jeffrey und schnupperte skeptisch an ihm. *Haustier, was? Dein Fell sieht aus, als müsste man es regelmäßig mit Shampoo waschen.*

Deinem würde so was auch nicht schaden, gab Terry zurück und Jeffrey knurrte ihn an. *Haargel muss reichen. Aber was geht dich das an? Soll ich dir mal zeigen, was ich mit frechen Wollknäueln mache?*

Das wird nicht nötig sein, mischte ich mich hastig ein. Um ihn abzulenken, wollte ich meinem alten Konkurrenten gerade erzählen, was ich und meine Schwester auf der Reise alles erlebt hatten, doch dann hörte ich etwas sehr Seltsames. *Eulendreck! Beim großen Gewitter! Flohbiss!,* drang es ganz schwach in meinen Kopf. He, das waren eigentlich meine Flüche, aber ich war ganz sicher, dass nicht ich sie gedacht hatte! Außerdem klang es eher nach einer Mädchenstimme, obwohl es bei dieser Entfernung schwer zu sagen war.

Da hat irgendjemand 'nen ganz schlechten Tag, meinte mein Vater.

Nicht unbedingt, widersprach Tabitha. *Also ich jedenfalls mag Gewitter, auch große.*

Aber bestimmt keine Flöhe, oder? Terry legte den Kopf schief. *Ich hatte mal welche, das hat scheußlich gejuckt und …*

Seid mal ruhig!, fuhr Jeffrey die beiden an. Er lauschte mit erhobenem Kopf und warf mir dann einen Blick zu. *Wirst du schlau draus, Carag?*

Ein Zittern durchlief mich, denn ich hatte tatsächlich eine Vermutung. Weil wir uns so nahe waren, hatte Tikaani in letzter Zeit angefangen, meine Ausdrücke zu benutzen, und umgekehrt hatte ich mir manchmal ihre ausgeliehen (»räudiger Speichellecker« gefiel mir besonders gut).

Rasch wandte ich mich an unsere Kundschafterin. *Tabitha, kannst du losfliegen und nachsehen, ob in der Richtung, aus der die Stimme kommt, irgendwo eine weiße Wölfin ist?*

Klar doch, sagte Tabitha und flatterte los – jetzt in der Nacht war sie in Bestform.

Schon nach kurzer Zeit kam sie zurück und hatte, soweit man das bei einer Fledermaus erkennen konnte, eine tragische Miene aufgesetzt. *Ja, da ist ein weißer Wolf, ich fürchte, der stirbt bald. Ein anderes Wolfsrudel hat ihn umzingelt und greift ihn gerade an.*

Mir entfuhr ein entsetztes Fauchen. *Das ist nicht irgendein Wolf, sondern meine Freundin Tikaani!* Sie hatte tatsächlich auf meine Mail reagiert und jetzt war sie in ernsten Schwierigkeiten – wegen mir, weil ich sie gebeten hatte herzukommen! Ich konnte kaum noch klar denken vor Sorge.

Oh, ähm, das tut mir leid, dann sollten wir vielleicht jetzt los, meinte Tabitha.

Zum Glück war sich unsere Gruppe sofort und ohne Diskussion einig. *Du bleibst hier,* befahl ich Terry, dann stürmten meine Eltern, Mia, Jeffrey und ich los in die Richtung, die uns Tabitha anzeigte.

Wolfsblut

Schnell fanden wir Wolfsspuren, die nicht von Jeffrey oder Tikaani stammten. Aber wieso waren das so viele?

Was beim großen Gipfel …, murmelte ich beklommen, während meine Eltern und ich kurz anhielten, um die Spuren zu prüfen. Die meisten Abdrücke waren so groß wie meine Menschenhand, stammten also von ausgewachsenen Tieren, und es waren mehr, als ich auf den ersten Blick zählen konnte.

Die Witterung erkenne ich … nur hat sich das Rudel ordentlich vergrößert seit damals, meinte mein Vater grimmig.

Na, dann beeilen wir uns besser, sagte Jeffrey, nachdem er kurz an den Spuren geschnuppert hatte. *Aber es bringt nichts, einfach auf die Kerle loszustürmen.*

Hast du eine Idee, Jeffrey?, fragte meine Mutter.

Mein alter Widersacher senkte seine Gedankenstimme zu einem Flüstern. *Besser, Carag und ich rennen direkt zu Tikaani. Ihr anderen kommt nach und nähert euch dem Rudel leise von hinten. Dann könnt ihr ihm in den Rücken fallen, wenn wir das Signal geben. Achtet immer auf die Windrichtung, damit sie euch nicht zu früh wittern.*

Ich nickte und sagte nur: *Okay.*

So langsam wurde mir klar, warum er es geschafft hatte, sich als Anführer der Clearwater High-Wölfe zu behaupten.

Meine Familie hatte mitgehört und schickte wortlose Zustimmung, bevor sie in die Nacht davonpirschte.

Da war sie, meine Freundin! Meine Katzenaugen durchdrangen mühelos die Dunkelheit, aber auch so hätte ich sie gesehen, denn ihr Fell leuchtete förmlich im Mondlicht. Sie stand im offenen, mit Gesträuch und einzelnen Bäumen bewachsenen Grasland, das kieselige Seeufer war etwa drei Baumlängen entfernt. Mit aufgestellten Nackenhaaren und gefletschten Zähnen versuchte Tikaani, in alle Richtung zu drohen, während die Wölfe um sie herum immer wieder kurze Vorstöße auf sie zumachten und sie zu beißen versuchten. Was war mit denen los, sahen sie Tikaani als Bedrohung? Normalerweise hätten sie eine fremde Wölfin einfach vertrieben, wieso griffen sie diesmal so heftig an? Gerade fielen vier Wölfe gleichzeitig über sie her und ich sah, wie sich Zähne in Tikaanis Flanke bohrten, Blut lief über ihr Fell. Oh nein, nein! *Tiki, halt durch, wir helfen dir,* rief ich ihr zu und spürte die freudige Erleichterung in ihren Gedanken.

Jeffrey und ich rannten mit voller Kraft und dachten nicht daran, abzubremsen. Wir preschten einfach durch die Linie der Angreifer hindurch, sodass mehrere Wölfe ausweichen mussten, wenn sie nicht umgerannt werden wollten. Tikaani nutzte das, um ihre Gegner wegzubeißen und sich ein Stück zurückzuziehen. Schon standen wir neben ihr, schützten sie.

Die fremden Wölfe liefen durcheinander, versuchten, sich neu zu orientieren. Besonders die Tatsache, dass sich mit einem langen Sprung ein Puma an die Seite der fremden Wölfin katapultiert hatte, schien unsere Gegner zu irritieren. Kurz hielten sie inne, zogen sich zurück und versuchten wahrscheinlich, die neue Situation zu beurteilen.

Ich war Tikaani so nah, dass ich ihren vertrauten Geruch

wahrnehmen konnte. Es war so wunderbar, wieder an ihrer Seite zu sein, aber auch die Witterung ihres Blutes stieg mir in die Nase. *Haben dich diese verdammten Kerle schlimm erwischt?*

Geht so, wird schon wieder. Sie warf mir einen Blick zu und einen Moment lang strahlte aus ihren mitternachtsblauen Wolfsaugen alles, was sie für mich fühlte. *Du bist da! Ich habe so sehr gehofft, dass du mich findest, aber ich hätte nie gedacht, dass es so schnell gehen würde.*

Wir hatten Unterstützung, antwortete ich nur und vertrieb einen Gegner, der sich knurrend an uns heranwagte, indem ich mit der Pranke nach ihm schlug.

Genau, unter anderem mich, sagte Jeffrey.

Tikaani begrüßte ihn mit einem kurzen Wedeln und einem *Hey du,* für mehr reichte es nicht, denn inzwischen hatten die Wölfe sich an die neue Situation gewöhnt und kamen wieder in Schwung. Jeffrey und Tikaani mussten zwei fremde Wölfe abwehren, die sich uns wild knurrend von links vorne und schräg von hinten genähert hatten. Ich verteidigte währenddessen unsere rechte Seite vor einem riesigen hellgrauen Wolf mit zerfetztem Ohr und eindrucksvollem Gebiss. Garantiert einer der Beta-Wölfe, die im Rudel für alles zuständig waren, für das man viel Kraft brauchte.

Tikaani versuchte, die Wunde an ihrer Flanke zu lecken, die noch immer blutete, doch ein schwarzer Wolf mit angegrauter Schnauze schoss vor und attackierte sie. *Haut bloß ab, lasst uns in Ruhe!,* rief Tikaani und schnappte nach ihm, gleichzeitig zeigte ich ihm mit ausgefahrenen Krallen, woher hier der Wind wehte. Vielleicht war der Kerl ein zweiter Beta, ein etwas älterer.

Wir würden sehr bald unsere Puma-Verstärkung brauchen, die hoffentlich jeden Moment hier sein würde. Etwas eigenartig war, dass ich Mia ganz leise im Kopf hörte, sie rief irgendwas wie *Verdammt, die hab ich nicht gesehen!* Ich versuchte, sie zu erreichen, doch sie war zu weit weg. Was war da denn los?

Während ich das fremde Rudel musterte, wurde ich immer niedergeschlagener. Es sah schlecht aus für unseren Plan, mit diesem Rudel zu verhandeln. Oder konnten wir die Situation noch irgendwie drehen? Im Moment wirkte es nicht, als hätte irgendjemand Interesse an einer friedlichen Lösung.

Wer von denen sind die Alphas?, fragte ich Tikaani. *Hast du das schon rausgefunden?*

Es war sehr wichtig für uns zu wissen, wer dieses Rudel führte und die Entscheidungen traf.

Ja, es sind die beiden Dunkelgrauen dort, erwiderte sie und zeigte mir ein Weibchen und einen Rüden, die sich im Hintergrund hielten und uns mit kühlem Blick beobachteten.

Dunkelgrau, so wie Jeffrey? Das ist aber ein seltsamer Zufall!, meinte ich, während ich die Fremden wachsam im Auge behielt.

Kein Zufall, erkläre ich später, sagte Jeffrey und wir wehrten gemeinsam einen neuen Vorstoß des schwarzen und des hellgrauen Riesen ab.

Kannst du für mich übersetzen?, fragte ich Tikaani hastig. *Frag die Alphas bitte, wieso ihr Rudel dich angegriffen hat und uns gegenüber so feindselig ist.*

Ich sah, wie die beiden dunkelgrauen Tiere eine Antwort jaulten und heulten.

Sie sagen, dass wir unnatürlich sind, keine echten Tiere, sondern widerliche Halbwesen, übersetzte Tikaani und blickte mich an. *Oh prima.*

Entmutigt erwiderte ich ihren Blick. Das gab es – Tiere, die Woodwalker hassten? Hatten sie damals bei der Auseinandersetzung mit meinen Eltern begriffen, dass wir anders waren als normale Pumas, kam ihre Feindseligkeit aus dieser Zeit? Oder hatten sie schon immer etwas gegen uns Gestaltwandler gehabt?

Eben riefen sie ›Sterbt, sterbt, ihr habt keine Chance! Wir sind viele und ihr seid wenige!‹, berichtete Jeffrey und fügte hinzu: *Na, wenn sie da nicht mal eine Überraschung erleben.*

Ich versuchte, meine Familie in Gedanken zu erreichen. Gab's bei ihnen Probleme? *Mia, seid ihr schon ...*, fragte ich.

Weiter kam ich nicht, denn nun gaben die beiden Alphas ein unmerkliches Signal und das ganze Rudel fiel gleichzeitig über uns her. Zwölf knurrende Wölfe stürzten sich uns entgegen, es fühlte sich an, als würde eine Woge aus Fell über uns zusammenschlagen. *Jetzt! Jetzt! Hilfe!*, schrie ich und war nicht sicher, ob meine Familie überhaupt noch rechtzeitig kommen würde. Ich schlug um mich, fauchte und biss nach allen Seiten, trotzdem schaffte es der große hellgraue Wolf, mein Hinterbein zu packen, während der schwarze auf meine Kehle zuschoss. Ich versuchte, den brennenden Schmerz im Bein zu ignorieren und mich loszureißen, doch das klappte nicht. Tikaani brachte es fertig, den schwarzen von mir wegzurammen, aber die

Zähne des hellgrauen Wolfs rissen und zerrten immer noch an meinem Bein. Ich hörte ein scheußliches Knirschen, war es gebrochen?

Der hellgraue winselte und ließ mich endlich los, denn Tikaani hatte ihn selbst ins Bein gebissen. Er jaulte auf und wich hinkend zurück. Was gut war, denn nun musste Tikaani wieder selbst kämpfen wie wild, um nicht überwältigt zu werden. Mit einem Prankenschlag schleuderte ich einen meiner Gegner beiseite und zog noch in der Drehung einem von Tikaanis Widersachern die Krallen über.

Wann kam meine Familie endlich?

Da war sie! *Lasst bloß meinen Bruder in Ruhe, ihr räudigen Köter!*, ertönte eine helle Stimme, dann stürzte sich Mia mit einem gewaltigen Sprung auf den nächstbesten Wolf und warf ihn zu Boden. Und da waren auch Nimca und Xamber! Xamber packte den großen hellgrauen Kämpfer beim Genick, er hätte ihn mit einem einzigen Biss töten können, doch ich rief ihm zu: *Nein, nicht! Lass ihn leben!*

Na gut, wenn du willst, sagte mein Vater, dachte aber nicht daran, loszulassen. Der hellgraue Wolf hielt ganz still.

Währenddessen befreite meine Mutter Jeffrey, der aus mehreren Bisswunden blutete und so aussah, als könnte er sich nun zu Recht beim Radiosender krankmelden.

Wieso habt ihr so lange gebraucht?, fragte ich Mia und sie blickte schuldbewusst drein. *Ich hab nicht aufgepasst und bin auf eine Schlange getreten, es gab ein ziemliches Durcheinander, tut mir echt leid. Geht's dir gut?*

Ja, sagte ich kurz, obwohl mein Hinterbein höllisch wehtat. Das durfte doch echt nicht wahr sein, sie hatten mich genau an der gleichen Stelle verletzt wie meinen Vater damals. Anscheinend war es nicht gebrochen, jedenfalls konnte ich noch auftreten. Aber falls sich das entzündete, hatte ich ein ähnliches Problem wie Xamber noch vor Kurzem.

Tikaani, Jeffrey und ich atmeten schwer. Das war knapp gewesen, aber wie es aussah, hatten wir gewonnen. Wir drei hielten uns dicht beieinander, sodass wir uns gegenseitig schützen konnten, und niemand wagte mehr, uns anzugreifen, weil meine Familie uns sicherte. Doch die Alphas beobachten uns noch immer.

Wir wollen keinen Kampf mit euch, rief ich ihnen zu, während Tikaani für mich übersetzte. *Wir sind Woodwalker und nicht schlechter als ihr, nur weil wir uns verwandeln können.*

Zum ersten Mal hatte ich den Eindruck, dass die Leitwölfe uns zuhörten.

Doch leider war keine zwei Atemzüge später schon wieder alles anders.

Wuschel-Chaos

Von der Seite kroch ein weiß-graues Geschöpf aus den Büschen und rief: *Ah, hier seid ihr! Hab mich schon gefragt, was ihr macht.* Fröhlich wedelnd trippelte Terry auf Tikaani, ihren Rudelgefährten und mich zu, dann legte er das Köpfchen schief, als er uns genauer anschaute. *Ups, ihr blutet ja, was ist passiert?*

Mir fuhr der Schreck durch den Körper. Dieser dumme Flohbeutel, ich hatte ihm doch gesagt, er sollte bleiben, wo er war! Aber wahrscheinlich hatte die Tierheimfrau recht, dieser Kerl machte immer das Gegenteil von dem, was man ihm befahl. Nur manövrierte er sich damit gerade in tödliche Gefahr – da der Wind von ihm zu den Rudelmitgliedern blies, hatten sie ihn sicher längst bemerkt. Er aber hatte offenbar keine Ahnung, dass hier nur ein vorübergehender Waffenstillstand herrschte und jede Menge auf Kampf eingestimmte Wölfe nur auf ein Signal ihrer Chefs warteten.

Oh Mann – Haustiere, stöhnte Jeffrey.

Zwei der Wölfe, junge graue Rüden, waren nicht weit von Terry entfernt und ich sah, wie sich ihre Muskeln anspannten. In ungefähr drei Atemzügen würden sie diesen kleinen Woodwalker zum Frühstück verknuspern. Das konnte ich nicht zulassen! Ich ignorierte den fiesen Schmerz in meiner Hinterpfote und jagte mit langen Sprüngen los. Momente bevor die

Wölfe Terry packen konnten, bekam ich ihn am Nackenfell zu fassen. Er jaulte einmal kurz auf und zappelte. *Stillhalten,* sagte ich grimmig und wollte aus der Kampfzone und zu den anderen sprinten.

Doch durch meine Verletzung war der Sprint nicht so schnell, wie ich gerne gewollt hätte, und meine Freunde liefen aufgeregt durcheinander, um mir irgendwie zu helfen. Die Alphas beschlossen offensichtlich, dass dies ihre Gelegenheit war, das Kriegsglück zu wenden. Sie gaben ihrem Rudel noch einmal das Signal zum Angriff und gleich darauf herrschte wieder wildes Kampfgetümmel auf der Lichtung.

Diesmal lief es nicht gut für uns. Obwohl mein Vater es gleich mit drei Wölfen aufnahm, waren wir kurz darauf am Ende.

Wir werden alle sterben!, fiepte Tabitha schrill und wich im letzten Moment aus, als ein Wolf hochsprang und versuchte, sie aus dem Himmel zu schnappen.

Blödsinn, fauchte mein Vater, kurz bevor er unter einem Knäuel aus Wölfen verschwand. Nimca, Mia und ich kamen ihm zu Hilfe, doch wir wussten, dass es vorbei war.

Rennt!, schrie ich den anderen zu und wir – Terry und Xamber eingeschlossen – liefen los, so schnell wir noch konnten. Zum Glück folgte uns das fremde Rudel nicht sehr weit und nach einer Weile ließen wir uns erschöpft am

Ufer des Yellowstone Lake in den Kies fallen. Ein Schwarm weißer Pelikane ließ sich nicht weit von uns auf dem Wasser treiben, das der Wind zu Wellen hochgepeitscht hatte, und ein Schwarzhalstaucher verschwand auf Futtersuche immer wieder unter der Oberfläche. Obwohl auf dem See manchmal Angler in Kanus unterwegs waren, sah ich gerade niemanden, rings um uns war menschenleere Wildnis.

Wir tranken einen Schluck eiskaltes Wasser aus dem See und begutachteten unsere Wunden. Etwas zögerlich watete ich ins Wasser, damit es die Verletzung an meinem Hinterbein auswusch und kühlte. Tabitha kreiste über uns, um uns zu warnen, falls sich das Rudel näherte, außerdem hielten Mia und mein Vater – beide fast unverletzt – ein Stück entfernt Wache.

Verdammt, sagte Mia. *Wir hatten schon gewonnen! Terry, warum hast du das gemacht?*

Immerhin wirkte Terry geknickt. *Tut mir echt leid, Leute.*

Nützt uns wenig. Jeffrey schenkte ihm einen vernichtenden Blick und ignorierte ihn dann, um sich seinen Wunden zu widmen.

Selbst Tabitha versuchte nicht, ihren besten Freund zu verteidigen. Sie war ziemlich schweigsam, seit wir den Kampf verloren hatten.

Meine Mutter begutachtete mein Bein. *Es wäre besser, wir hätten dafür Menschenmedizin. Aber ich kenne ein paar Heilkräuter, die erst mal auch helfen,* meinte sie und ging los, um sie zu sammeln.

Aber was besser half als jedes Heilkraut, war, dass Tikaani neben mir lag und mich in der kühlen Nacht wärmte. Wir lehnten uns gegeneinander und ich schleckte ihr über die verletzte Schulter. In Menschengestalt hätten wir uns sicher an den Händen gehalten und geküsst, in zweiter Gestalt berührten wir hin und wieder unsere Schnauzen. *Es tut mir so leid, dass ich dich in diese Sache reingezogen habe,* murmelte ich. *Überhaupt nicht katzig, dass du verletzt worden bist.*

Dafür hab ich was gut bei dir, meinte Tikaani und ich nickte heftig.

Als wir uns etwas erholt hatten, war es Zeit, alles durchzusprechen.

Die Menschen haben ein Wort für das, was gerade passiert ist, meinte ich zu den anderen. *Nämlich ›Vollpleite‹!*

Das trifft's ziemlich gut, brummte Jeffrey, der völlig fertig auf der Seite lag.

Wir konnten nicht damit rechnen, dass sie Woodwalker hassen, meinte Tikaani.

Oder dass sich jemand einmischt, der dort nichts zu suchen hatte. Ich warf unserem Fellknäuel einen Blick zu, der hoffentlich so stechend war wie eine Pferdebremse.

Trotzdem will ich den Plan, unser Revier zurückzuerobern, noch nicht aufgeben, meldete sich mein Vater zu Wort. Er saß auf einer kleinen Anhöhe und hielt Wache, blickte nur kurz zu uns herüber. *Wir müssen eine Gelegenheit finden, in Ruhe mit den Alphas zu sprechen.*

Natürlich geben wir nicht auf, sagte ich, obwohl der Schmerz heftig in meinem Bein pochte. Schließlich stand hier auf dem Spiel, ob Mia auf die Clearwater High gehen durfte oder nicht. *Apropos Alphas, wieso sind sie denn nun dunkelgrau?*

Wenn ein grauer Wolf zum Alpha wird, wechselt er die Farbe und bekommt eine dunklere Fellzeichnung, erklärte Tikaani. *Kein Witz, das ist wirklich so. Es liegt daran, dass sich seine Ernährung ändert, weil er nun immer als Erster von der frischen Beute frisst und die besten Stücke abbekommt, nämlich die Innereien.*

Aber ... Ich blickte zu Jeffrey hinüber. *Du hast mit deinen Leuten doch nicht richtig gejagt, während du an der Schule warst, oder? Wie hast du dann deine Alpha-Farbe behalten, obwohl du hauptsächlich Pizza und Würstchen gemampft hast?*

Als Mensch hätte Jeffrey wahrscheinlich verlegen dreingeblickt. *Immer ein Stück Leber im Tiefkühler.*

Aha. Man lebt und lernt. Habt ihr denn mitgekriegt, wie die Alphas heißen?, fragte ich unsere beiden Woodwalker-Wölfe.

Die anderen haben sie Larkin und Shona genannt, sagte Tikaani. *Ein paar weitere Namen habe ich auch mitbekommen: Nordstern, Sommerwind, Grünauge ...*

Ich habe mir vor allem gemerkt, wie diese beiden verdammten Betas hießen, der schwarze und dieser große hellgraue, ächzte Jeffrey. *Finsterfell und Rissohr!*

Ja, die waren gut in Form und hart drauf, sagte ich. Anscheinend war es so, dass nur die Rudelmitglieder sprechende Namen hatten, nicht die Anführer. *Ohne unser Training bei Mr Brighteye in der Clearwater High hätten die Kerle uns in Fetzen gerissen.*

Eigentlich hatte ich das hauptsächlich für meine Eltern gesagt, doch mein Vater konterte sofort: *Seit wann muss ein wilder Puma wie Mia lernen, wie man kämpft?*

Mia seufzte in meinen Gedanken. *Es ist einfach gut, wenn man sich verteidigen kann, Pa – in Tier- UND in Menschengestalt! Übrigens ist der Kampflehrer in Carags Schule ein Wolf, das heißt, er kann einem auch zeigen, wie man gegen Wölfe gewinnt.*

Haha, das wird er bestimmt machen. Mein Vater war schon mal besserer Laune gewesen.

Unsere Stimmung hob sich erst, als meine Mutter uns alle verarztet hatte und ihn bei der Wache ablöste. Mein Vater ging jagen und schleifte kurz vor Sonnenaufgang einen frisch erbeuteten Gabelbock – etwa doppelt so groß wie eine Ziege, mit zwei spitzen Hörnern und einem glatten hellbraun-weißen Fell – zu unserem Rückzugsort. *Das ist dann wohl euer Willkommensessen,* sagte er zu Tikaani und Jeffrey. *Danke, dass ihr hier seid. Was sagen die Menschen noch mal, wenn sie anfangen zu essen?*

Guten Appetit, meinte unser Mischling Terry, dem schon der Sabber aus dem Maul lief. Wir hatten alle seit gestern früh nichts mehr in den Magen bekommen.

Appetit, was soll das denn sein? Mein Vater zuckte mit den Tasthaaren. *Ich kenn nur leichten, mittelschlimmen und richtig schlimmen Hunger. Deshalb sagen wir einfach »Beißt rein«.* Ohne Zeit zu verlieren, folgte er seiner eigenen Aufforderung.

Es machte mich ein bisschen nervös, dass wir nun so viel Fressen hatten. Schließlich war das Problem mit dem Revier erst entstanden, weil die Wölfe sich die mühsame Jagd gespart und meine Familienmitglieder bei jeder Gelegenheit von ihrer Beute vertrieben hatten, bis es ihnen unmöglich geworden war, in Ruhe zu fressen. Würden sie versuchen, diese Tradition fortzusetzen?

Doch anscheinend waren die Wölfe nach diesem Kampf genauso müde wie wir. Wir konnten uns den Bauch vollschlagen und uns anschließend in Ruhe ausstrecken, um eine Runde zu pennen. *Ich passe auf und wecke euch selbstverständlich, wenn jemand sich zu nähern versucht,* versicherte uns Tabitha und hängte sich kopfüber an einen Ast. *Von hier aus sehe ich jede Bewegung in weitem Umkreis. Es ist übrigens ein herrlicher Anblick, wie das Mondlicht über dem Wasser …*

Ja, verdammt, und jetzt halt die Schnauze, Flattervieh, brummte Jeffrey.

Die Schmerzen machten es schwer, einzuschlafen, aber der

volle Magen half. Kurz bevor ich Seite an Seite mit Tikaani einschlummerte, hörte ich sie noch flüstern: *Ach ja, ich weiß nicht, ob es wichtig ist ... mindestens vier der Wölfe waren ihrer Witterung nach Kinder der Alpha-Wölfin. Und an Shonas Zitzen habe ich gesehen, dass sie gerade wieder Junge hat.*

Ach echt?, meinte ich, ohne die Augen zu öffnen. Schon seit Längerem wusste ich, dass in einem Rudel nur das Alpha-Pärchen Junge bekommt, alle anderen müssen auf eigenen Nachwuchs verzichten. Es war also logisch, dass das Rudel zu einem großen Teil blutsverwandt war.

Aber ich hatte auch keine Ahnung, ob das wichtig war.

Möge der Mond für dich leuchten, sagte Tikaani nur noch und ich flüsterte ihr ein zärtliches *Für dich auch, Tiki* in den Kopf.

Eine sehr kleine Abgesandte

Immer wieder wachte ich an diesem Vormittag auf und grübelte darüber, was passiert war und was wir nun tun konnten. Nein, aufgeben würden wir nicht. Aber mein Vater hatte recht, wir mussten unsere Revier-Rückeroberung anders angehen als bisher. Wenn wir es mit purer Kraft versuchten, würden dieses starke Rudel und wir uns gegenseitig vernichten.

Wir sollten einen Abgesandten schicken, der ihnen klarmacht, dass wir verhandeln wollen, schlug ich vor. *Nur wen? Sie können Woodwalker nicht ausstehen und haben bewiesen, dass sie jeden von uns sofort angreifen. Mich und euch* – ich musterte meine Familie – *können sie am wenigsten ausstehen, weil wir Woodwalker UND Katzen sind.*

Ich könnte hinfliegen, meldete sich Tabitha zu Wort und gähnte, schließlich ging es schon auf Mittag zu und die Sonne stand hoch am Himmel. *Wenn ich in der Luft oder auf einem hohen Ast bleibe, können sie mich nicht angreifen. Aber wahrscheinlich wird es nicht klappen, die sind zu aggressiv.*

Tikaani ächzte. *Haben wir auch einen Optimisten unter uns? Irgendeinen?*

Zum Glück hatten wir das Thema schon in Menschenkunde durchgenommen. *Ich bin einer,* sagte ich fest. *Meistens jeden-*

falls. Wir schaffen das. Und es wäre super, wenn du hinfliegen könntest, Tabitha. Äh … falls du es hinkriegst, noch ein bisschen wach zu bleiben.

Was meinst du damit?, protestierte Terry. *Tabitha ist munter wie ein Welpe im Frühling, sie wird es super machen!*

Kein Zweifel, wir hatten noch einen zweiten Optimisten unter uns.

Gut möglich, aber es gibt da ein kleines Hindernis – sie kann keine Wolfssprache, wandte Jeffrey ein.

Die Augen der kleinen Fledermaus funkelten. *Stimmt. Aber wenn ihr mir einen Text vorsagt, lerne ich ihn einfach auswendig.*

Meine weiße Lieblingswölfin zog die Lefzen amüsiert zu einem Grinsen hoch. *Das will ich sehen. Wolfssprache besteht nicht nur aus Tönen, sondern auch aus Bewegungen und Körperhaltungen.*

Ja, und? Tabitha zuckte elegant mit den Flügeln. *Ich wollte sowieso Schauspielerin werden, bevor ich mich für Videokünstlerin entschieden habe.*

Cool, vielleicht könntest du uns sogar einen Gedankenstrom – so was wie ein Video in Gedanken – darüber schicken, was du siehst und erlebst, meinte Tikaani.

Wow, so was ist möglich? Tabitha wirkte beeindruckt. *Leider weiß ich nicht, wie das geht. Ich nehme an, so was lernt man in eurer Schule?*

Ich nickte und schielte zu meinen Eltern hinüber. *Genau – das ist total nützlich und hat mir schon oft geholfen. So wie viele andere Sachen, die ich in der Clearwater High gelernt …*

Jaja, schon gut, das reicht, brummte meine Mutter.

Es hätte zu lange gedauert, Tabitha die Technik beizubringen, also musste es ohne Gedankenstrom gehen. Tikaani, Jeffrey, mein Vater und ich machten uns daran, eine Friedensbotschaft auszuhecken.

Lasst uns über diese Sache mit dem Revier reden. Wir wollen keine Kämpfe. Vielleicht können wir uns sogar gegenseitig helfen. Habt keine Angst davor, dass wir Wandler sind. Wir können nichts dafür, dass wir andere Eigenschaften haben.

Sofort begannen wir, die Botschaft mit Tabitha einzuüben. Tikaani hatte recht, es sah wirklich witzig aus, wie die Fledermaus heulte, fiepte, herumtanzte und den Körper beugte, während Terry seine beste Freundin voller Bewunderung anfeuerte. Aber nachdem die Wölfe das Ganze dreimal mit ihr durchgegangen waren, hatte sie es drauf. Ich schätzte das Alpha-Paar des Rudels als ziemlich intelligent ein – gut möglich, dass sie kapierten, was gemeint war.

Du machst das super, selbst ich habe dich ein bisschen verstanden, jubelte Terry, während sich Tabitha kopfüber an einen Ast hängte, um auszuruhen.

Na also – ich glaube, du kannst los, sagte ich zufrieden.

Keine Antwort.

Tabitha? Tabitha?! He, hallo?

Sie war eingeschlafen. Der Tag und das Tageslicht waren einfach nicht ihr Ding. Alles Weitere musste warten, bis die Sonne wieder sank.

Nur unsere Kundschafterin konnte sich in dieser Zeit richtig entspannen. Die Alphas waren wie erwähnt nicht blöd, sie wussten, dass wir gerade verwundet und deshalb verletzlich waren. Wenn sie uns ein für alle Mal fertigmachen wollten, dann war jetzt der richtige Moment. Sie konnten sich vielleicht denken, dass wir das Revier zurückerobern wollten, es wäre für sie von großem Vorteil, wenn sie uns loswürden, dann hätten sie wieder ihre Ruhe.

Aber nichts passierte.

Dann war es endlich so weit, Tabitha wachte auf und flog los – ein kleiner dunkler Flieger vor dem rotgelben Abendhimmel, schneller und wendiger als jeder Vogel.

Unruhig warteten wir darauf, dass sie zurückkam. Tikaani stupste mich mit der Schnauze an. *Kommst du eigentlich zu meinem Geburtstag am 8. Juli? Meine Eltern haben schon gesagt, dass du herzlich in unser Dorf eingeladen bist.*

Natürlich komme ich zu deinem Geburtstag!, sagte ich, bevor ich richtig darüber nachdenken konnte, ob ich mir nach dieser Sache hier wirklich ein ganzes Dorf voller Wolfs-Wandler zutraute. Schnell fügte ich hinzu: *Wenn ich hier fertig bin, bin ich aber wahrscheinlich FERTIG, wenn du weißt, was ich meine.*

Haha, meinte Tikaani halb amüsiert, halb spöttisch. *Egal, wir nehmen dich auch mit Löchern im Fell. Meine Oma kann nähen ... und Löcher stopfen.*

Ich seufzte und betrachtete mein Hinterbein. Es tat immer noch scheußlich weh, aber die Schicht aus feuchten Kräutern kühlte die Wunde ein bisschen.

Die Fledermaus kam und kam nicht zurück.

Hoffentlich ist sie nicht gefressen worden, meinte Jeffrey und unser kleiner Mischlings-Wandler winselte.

Bestimmt ist ihr nichts passiert, versicherte ich ihm schnell. *Wahrscheinlich brauchen diese blöden Heulpelze nur ewig, um sich zu entscheiden.*

Wie war das eben?, fragte Tikaani und tat so, als wolle sie mich mit den Vorderzähnen zwicken.

Wir müssen deinem dämlichen Lover noch abgewöhnen,

schlecht über Wölfe zu reden, brummte Jeffrey. Nun war er es, nach dem Tikaani schnappte.

Was?, beschwerte sich Jeffrey. *Ich habe zwar Frieden mit ihm geschlossen, aber deswegen darf ich doch wohl trotzdem sagen, was ich denke, oder?*

Na gut, ausnahmsweise, sagte ich.

Du hast natürlich ein klein bisschen recht, diese speziellen Wölfe sind miese Gestalten, gab Jeffrey zu. *Also echt, wie kann man nur etwas gegen Woodwalker haben? Wir sind doch sowieso besser als sie und ...*

Stopp, stopp, das reicht schon mit dieser Überlegenheitskacke, bremste ihn Tikaani mit finsterem Blick.

Genau, wie kann man nur etwas gegen Woodwalker haben, wir sind doch alle total lieb und würden nie jemandem was tun, zog ich

Jeffrey auf. Es war noch nicht lange her, dass er und sein Rudel in der Schule regelmäßig eine Erpressernummer abgezogen hatten. Beutetier-Wandler zu tyrannisieren, war auch eins seiner Spezialgebiete gewesen.

Pass auf, was du sagst. Halbherzig zeigte Jeffrey mir die Zähne. Dafür, sie an mir auszuprobieren, war er zum Glück noch zu schwach.

Da!, rief meine Mutter Nimca, die enorm scharfe Augen hatte. *Tabitha ist zurück!*

Aufgeregt jagte die Fledermaus um uns herum wie eine schwarze Messerklinge, die die Luft zerschnitt. *Tut mir leid, dass es so lange gedauert hat! Ich habe ihnen verständlich gemacht, was ihr mir gesagt habt, und danach haben sie echt lange untereinander diskutiert. Davon habe ich leider nichts verstanden.*

Aufgeregt blickte ich zu ihr hoch. *Haben sie denn irgendwas entschieden?*

Ich glaube schon, am besten, ich führe es euch einfach vor. Tabitha begann, die Antwortbotschaft aufzuführen. Ungläubig staunend schauten unsere beiden Wölfe zu.

Wenn ich es recht verstanden habe, fragt das Rudel, ob wir uns mit dem Fluch auskennen, sagte Tikaani. *Sie denken anscheinend, dass wir zwar Missgeburten sind, aber vielleicht besondere Kräfte und Macht über diesen Fluch haben.*

Verblüfft blickten wir uns an. In jedem Augenpaar sah ich die Frage *Was für ein Fluch?*. Auch ich hatte nicht mal eine schnurrhaaresbreite Ahnung davon, was gemeint war. Aber manchmal muss man einen Sprung einfach wagen, auch wenn man nicht sehen kann, was auf der anderen Seite ist. *Sag ihnen, wir können gerne mit ihnen über den Fluch reden, wenn sie versprechen, uns dabei nicht anzugreifen,* sagte ich zu Tabitha.

Jetzt war ich es, den alle fassungslos anblickten. Doch niemand verlor Zeit damit, mit mir herumzustreiten. *Warte, ich übersetze das schnell,* knurrte Jeffrey und übte die neuste Botschaft mit Tabitha ein.

Erst als die Fledermaus wieder abgeflogen war, schenkte mein Vater mir einen bohrenden Blick aus seinen goldenen Augen. *Das ist ein großes Wagnis,* meinte er. *Wenn sie herausfinden, dass wir nichts wissen, könnten sie wütend werden.*

Ich erwiderte seinen Blick. *Nicht mit ihnen zu reden, ist auch keine Lösung. So können wir immerhin mehr herausfinden.*

Er hat recht, Xamber, sagte meine Mutter zu ihm.

Terry konnte vor Aufregung kaum stillhalten. *Mein zweiter Besitzer hatte dicke Wälzer über Zauberei, vielleicht gibt es solche Bücher auch in der Bibliothek und wir könnten darin was über Flüche nachschauen …*

Siehst du hier eine Bibliothek?, fragte Jeffrey. *Na? Schau dich mal gründlich um.*

War nur ein Vorschlag! Ist es verboten, Vorschläge zu machen? Trotzig drehte ihm Terry den Hintern zu und pupste in seine Richtung.

Diesmal kam Tabitha sehr schnell zurück. *Ich mach euch mal nach, was die Wölfe gesagt haben, in Ordnung?* Schon begann sie mit ihrer Show. Niemand lachte über ihre Vorführung, alle waren viel zu gespannt, was sie bedeuten sollte.

Ich glaube, das soll heißen, der Alpha unserer Gruppe soll zu ihnen kommen, meinte Tikaani. *Sie versprechen, bei diesem Treffen nicht anzugreifen.*

Unsere Gruppe hatte keinen Anführer, trotzdem blickten alle mich an.

Also ich finde, dieser Katzenjunge da sollte die Suppe auch auslöffeln, die er sich eingebrockt hat, sagte Jeffrey in seinem charmantesten Ton.

Ich erhob mich mühsam, weil meine Muskeln sich nach dem stundenlangen Liegen steif anfühlten und mein Bein wehtat.

Mit einem Sprung war Tikaani an meiner Seite. *Ich gehe mit – schließlich braucht Carag jemanden, der Wolfssprache kann. Wir werden rauskriegen, was mit diesem Fluch gemeint ist, und dann wird das was mit eurem Revier, okay?*

Ist dieser Optomisus irgendwie ansteckend?, fragte mein Vater und kratzte sich mit der Hinterpfote am Ohr.

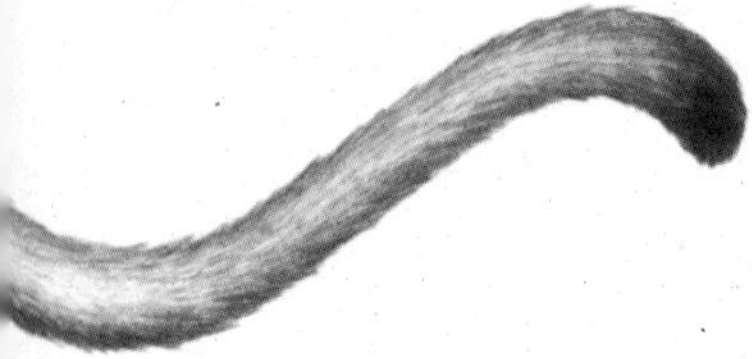

Der Fluch

Tabitha führte uns zu dem Ort, an dem die Wölfe lagerten. Als die Rudelmitglieder uns sahen, sprangen sie auf und umkreisten uns steifbeinig, mit gesträubtem Fell. Der hellgraue Beta-Wolf – Rissohr – knurrte, als er mich sah, seine wilden bernsteinfarbenen Augen schienen zu lodern. Doch sowohl seine Alphas als auch Tikaani schenkten ihm drohende Blicke und schließlich war er ruhig und zog sich an die Seite seines Anführers zurück.

Vorsichtig näherten sich die Alpha-Wölfe, flankiert von ihren Betas Finsterfell und Rissohr, die sie beschützten. Mit abschätzenden Blicken musterten uns die beiden.

Tikaani duckte sich ein wenig und deutete ein Wedeln an, worauf die beiden Leittiere mit königlicher Würde noch ein paar Schritte näher kamen. Meine Freundin übersetzte mir nun direkt von Kopf zu Kopf, was gesagt wurde.

Ihr heißt Shona und Larkin, nicht wahr?, fragte sie. *Wir sind Carag und Tikaani. Es ist bedauerlich, was letzte Nacht passiert ist.*

Lasst uns über den Fluch reden, sagte Shona. Na, die verlor wirklich keine Zeit!

Was für Probleme habt ihr damit?, fragte ich, damit ich nicht verriet, dass wir völlig ahnungslos waren. Ich war nicht sicher, ob es Flüche, die jemandem Unglück brachten, wirklich gab.

Richtig vorstellen konnte ich es mir nicht, doch die Welt war so voller Wunder und Rätsel, dass ich vielleicht einfach nichts davon mitbekommen hatte. Aber hätte dann nicht Andrew Milling, der nach und nach zu meinem Todfeind geworden war, versucht, mich zu verfluchen?

Larkin begann zu erklären und ich lauschte konzentriert auf Tikaanis Übersetzung: *Gestern am Nachmittag kam ein Fuchs in unser Lager, als wir gerade ruhten. Er zeigte keine Angst vor uns und das wunderte uns so sehr, dass wir zu spät reagierten. Als er begann, wild um sich zu beißen, konnte er deshalb eine von uns erwischen. Meine Tochter Sommerwind.*

Es war nur eine Kleinigkeit, ich hab's kaum gespürt, versicherte eine kräftige graue Wölfin, die gerade erst ausgewachsen zu sein schien. *Ich fühle mich stark wie immer, wirklich.*

Ungehalten blickte sich Shona zu ihr um. *Nichts weißt du! Der Fuchs hatte den Fluch, so viel ist sicher, und hat ihn an dich weitergegeben. Jeder Verfluchte stirbt auf schreckliche Art, ehe der Mond wieder voll ist … und es ist egal, wie gut er sich vorher gefühlt hat!*

Sommerwind senkte erschrocken den Kopf und blickte zur Seite.

Durch meine drei Jahre in der Menschenwelt wusste ich nun endlich, wovon die Rede war. Tollwut! Obwohl diese Wölfe bestimmt wenig von Krankheiten verstanden, hatten sie im Laufe der Generationen gemerkt, was für ein Schicksal jedem drohte, der von einem angesteckten Tier gebissen wurde. Vielleicht war das Rudel auch deswegen so krass drauf gewesen, als Tikaani und wir ihm zum ersten Mal begegnet waren.

Das ist schrecklich und tut uns sehr leid, sagte ich betroffen.

Shonas Blick wurde etwas weicher und ganz kurz konnte ich spüren, wie sehr sie sich um ihre Tochter sorgte. *Ihr Zwei-Wesen-Geschöpfe seid mächtig, oder? Es gibt viele Geschichten davon, dass ihr an den Geheimnissen der Menschen teilhabt. Seid ihr mächtig genug, dass ihr den Fluch aufhalten könnt?*

Ach. Erst fanden sie uns nur widerlich und versuchten, uns zu töten, aber sobald sie unsere Hilfe brauchten, waren sie auf einmal voller Bewunderung? Ich konnte mir lebhaft vorstellen, was Jeffrey ihnen für Sprüche um die Ohren gehauen hätte. Aber ich war nicht Jeffrey. Ich musste mir nur vorstellen, wie ich mich fühlen würde, wenn es Mia gewesen wäre, die der Fuchs gebissen hätte. Oder Tikaani. Oder meine Rothörnchenfreundin Holly aus der Clearwater High.

Moment, sagte ich. *Ich muss mich mit meiner ... äh ... Alpha besprechen.*

Tikaani und ich steckten die Köpfe zusammen und flüsterten beide fast gleichzeitig von Kopf zu Kopf: *Und was hältst du davon, Tiki?*

Ich weiß, dass es einen Impfstoff gegen Tollwut gibt, hauchte Tikaani. *Aber ich weiß nicht, ob der noch wirkt, wenn jemand schon gebissen worden ist. Eigentlich impft man ja vorher, damit man sich gar nicht erst ansteckt.*

Weiß ich, gab ich genauso leise zurück. Kaum war ich als Mystery Boy aus der Wildnis zu meiner Pflegefamilie, den Ralstons, gekommen, hatten die mich zu einer Untersuchung beim Arzt geschleppt. Der stellte fest, dass ich gegen rein gar nichts geimpft war und mich scheußliche Krankheiten erwischen konnten ... von denen gab es anscheinend jede Menge in der Menschenwelt. Aber da der Arzt sofort angefangen hatte, mir Spritzen in den Arm zu jagen – zum Glück auch gegen Tollwut –, hatte ich nur ein paar sehr fiese, rotzreiche Erkältungen bekommen in meinem ersten Jahr bei den Menschen. Denn leider gab es ausgerechnet gegen Schnupfen keine Impfung.

Wir müssen so schnell wie möglich rausfinden, ob man nachträglich impfen kann – wahrscheinlich geht es hier um Stunden, sagte ich grimmig. *Können wir das irgendwo nachschauen? Hast du dein Handy hier in der Nähe?*

Die Wölfe waren nicht begeistert davon, dass wir um Bedenkzeit baten, aber sie mussten wohl oder übel zustimmen. Tabitha wachte darüber, dass sie uns bei unserem Rückzug nicht folgten – ganz trauten wir dem Rudel noch nicht.

Zum Glück fanden wir den Ort, wo Tikaani ihre Klamotten, Geld und Handy versteckt hatte, auf Anhieb. War nicht so schwierig, denn die fremden Wölfe hatten schon alles ausgegraben und ausgiebig untersucht.

»Na danke«, sagte Tikaani – seit Neustem ein angezogenes Mädchen mit schulterlangen schwarzen Haaren – und drehte ihr zerkautes, angesabbertes Lederportemonnaie in der Hand. »Hoffentlich kann man auch mit einem Dollarschein, der Zahnabdrücke hat, noch was kaufen.«

Doch das Wichtigste war, das Handy war in Ordnung und es hatte – genauso wichtig! – hier Empfang. Sofort ging meine Freundin ins Internet und hatte zwei Minuten später herausgefunden, dass man in einem bestimmten Zeitraum, nachdem man gebissen worden war, tatsächlich nachimpfen konnte. Wir waren beide sehr erleichtert und beeilten uns, dem Rudel die gute Nachricht zu überbringen.

Es gibt tatsächlich ein Menschenwunder, das gegen den Fluch hilft, erklärte ich Shona. *Und wenn wir uns so wie Tikaani verwandeln, können wir es euch beschaffen.*

Im ersten Moment blieb Shona einfach stehen und sagte nichts, aber ich genoss den Anblick, wie Hoffnung in ihre und Larkins Augen zurückkehrte. Das Rudel dagegen feierte unsere Worte ganz offen, sämtliche Wölfe heulten, wedelten und wimmelten ungestüm umeinander. Sommerwind hob die Schnauze und schickte ihren Freudengesang hoch in den Himmel.

Tikaani verwandelte sich in eine Wölfin zurück, damit das Rudel weniger Scheu vor ihr hatte. Neugierig beobachteten die fremden Wölfe ihre Veränderung. *Wir müssen schnell handeln, sonst könnte es zu spät sein,* dämpfte Tikaani die Erwartungen. *Nur ein, äh, frischer Fluch kann noch besiegt werden.*

Ein junger Rüde, der neben Sommerwind stand, fiel mir durch seinen entschlossenen Blick auf. *Was können wir tun, um zu helfen?,* fragte er.

Schnell bekamen wir mit, dass der Rüde Sommerwind anhimmelte. Er hieß Bisonfreund, ein Spitzname, den er sich eingefangen hatte, als er sich bei einer Jagd dafür ausgesprochen hatte, die gehörnte Beute zu verschonen. Ich musste an Brandon denken und fand diesen Wolf gleich sehr sympathisch.

Erst mal könnt ihr nichts tun, sagte ich nach kurzem Nachdenken. *Das ist unsere Aufgabe und wir werden rasch sein müssen.* Verlegen suchte ich nach Worten. *Wenn wir es fertigbringen, Sommerwind zu retten … können wir dann über das Revier reden?*

Shona tauschte einen Blick mit ihren Rudelgefährten. *Nein. Dann reden wir nicht mehr über das Revier,* sagte sie knapp.

Aber …

Dann ist unser Revier euer Revier, fuhr sie mit entschiede-

ner Stimme fort und es fühlte sich an, als würde ein Felsblock von meinem Herz herunterpoltern.

Pumas sind nicht für ihre Redegewandtheit bekannt. Ich begann herauszusprudeln: *Oh, echt, ja, das ist schön, danke, das ist sehr großzügig von euch, wir werden uns anstrengen, sowieso werden wir das, vor allem natürlich wegen Sommerwind und …* Dann rempelte Tikaani mich an, damit ich endlich aufhörte zu quatschen. Sie sagte nichts, hob nur den Kopf und heulte kurz, vielleicht um die Vereinbarung zu besiegeln.

Nichts wie los, teilte sie mir anschließend mit und wir machten uns zusammen mit Tabitha schnellstens auf den Rückweg zu den anderen. Uns kollerten schon so viele Pläne im Kopf herum, als hätte jemand Kiesel an einem Steilhang losgetreten.

Am besten, wir impfen nicht nur Sommerwind, sondern das ganze Rudel, meinte Tikaani. *Für den Fall, dass noch mal ein infiziertes Tier vorbeikommt.*

Katzige Idee, sagte ich sofort. *Dann sind sie für alle Zeiten fluchfrei.*

Und es gibt ein paar Woodwalker-Feinde weniger … das ist gut für uns alle! Vor lauter Überschwang sprang Tikaani unter einem Baum hoch und schnappte nach einem Blatt. *Ach, es wird so toll werden, wenn deine Familie ihr altes Revier wiederhat. Dann kannst du sie sogar an Schultagen schnell mal besuchen.*

Mia, meine Eltern und Terry waren begeistert, als sie die Neuigkeiten hörten. Dann sagte ausgerechnet mein Vater, der fast sein ganzes Leben als Puma in den Bergen verbracht hatte: *Sehr gut, aber wie bekommen wir diesen Impfstoff? Und was kostet das Zeug? Bei den Menschen kostet doch alles, was einen gesund macht, so viel, wie Sterne am Himmel stehen.* Klar, er dachte an seine eigene Zeit im Menschenkrankenhaus.

Tikaani warf noch einmal die Suchmaschine an. Und wir bekamen alle einen Schreck.

Zweihundertfünfzig Dollar würde es kosten, das ganze Rudel zu impfen?, ächzte ich. *Beim hüpfenden Wildschwein, das können die doch nicht ernst meinen!*

Wenn es um Geld geht, meinen die Leute es sehr, sehr ernst, versicherte uns Jeffrey, der als Mensch aufgewachsen war.

Außerdem habe ich noch keine Ahnung, wie wir diese Spritzen überhaupt auftreiben sollen, meinte Tikaani und seufzte. *So was kann man nicht gerade im Supermarkt kaufen, selbst wenn hier einer wäre. Und im Internet bestellen ist auch nicht angesagt, ich glaube nicht, dass die bis hierher liefern.* Sie blickte sich am scheinbar endlosen Seeufer um, an dem sich Trompeterschwäne und Krickenten tummelten, aber kein einziger Mensch.

Eulendreck, sagte ich frustriert, grub die Krallen in einen angeschwemmten, halb verrotteten Baumstamm und riss große Stücke heraus. Das fühlte sich gut an, löste aber unser Problem nicht.

Gib mal dein Handy her, wir rufen jetzt in der Schule an – ich wette, Miss Clearwater kann uns helfen, sagte Jeffrey. Schon teilverwandelte er seinen Oberkörper, um sich das Telefon schnappen und die Nummer wählen zu können. Immerhin dachte er daran, laut zu stellen, damit wir mithören konnten.

»Ja?« Irgendjemand antwortete unter der Nummer der Clearwater High, aber die Stimme kannte ich nicht.

»Kann ich bitte Miss Clearwater sprechen?«, fragte Jeffrey, er klang irritiert.

»Du bist einer von den Schülern, oder?«, fragte sein Gegenüber, und als Jeffrey Ja sagte, nuschelte sein Gesprächspartner: »Ich glaub, die Miss Clearwater fliegt gerade irgendwo in den Bergen rum.«

Tikaani riss Jeffrey das Telefon wieder aus der Hand. »Ist einer von den Lehrern im Haus? Oder noch besser, die Krankenschwester?«

»Nee, sind doch Ferien. Alles leer hier, keiner da. Ich putze hier nur.«

Vielleicht ist er ein Waschbär?, flüsterte Terry und wir verdrehten die Augen. Da hatte wohl jemand noch nicht kapiert, dass es hier um Leben und Tod ging!

Diesmal war ich an der Reihe, mir das Telefon zu schnappen. Ich versuchte, den Vorsitzenden des Woodwalker-Rates in Nordamerika zu erreichen, den ich persönlich kannte. Einen solchen Rat gab es auf jedem Kontinent, er bestand aus je zehn einflussreichen, an sowohl Tier- als auch Menschenwelt gut angepassten Woodwalkern. Seine Aufgabe war, Wandler zu unterstützen und Probleme zwischen ihnen und den Menschen zu lösen. Zum Glück war der Ratsvorsitzende sehr nett und hatte mir schon ein paarmal geholfen.

Doch blöderweise erreichte ich ihn nicht, eine seiner Assistentinnen meinte nur, er habe gerade einen wichtigen Gerichtstermin und sei erst morgen Vormittag wieder zu sprechen. »Könnten Sie mir stattdessen die Nummer eines anderen Ratsmitgliedes geben?«

»Eines was?«, fragte die Assistentin zurück und mir wurde klar, dass sie nichts von uns Wandlern wusste.

»Ach nichts«, sagte ich schnell.

»Wollen Sie es morgen noch mal bei Mr Johnson probieren?«

»Vielen Dank, aber morgen ist es wahrscheinlich zu spät«, sagte ich niedergeschlagen. Ratlos blickten meine Eltern, meine Freunde und ich uns an.

Ich überlegte, ob ich mich mit diesem Problem an die Ranger wenden könnte. Nein, besser nicht. Mein Lieblingsranger hatte leider das letzte Mal, als ich ihn getroffen hatte – beim Kampf gegen meinen Feind, den rachsüchtigen Puma-Wandler Andrew Milling –, Verdacht geschöpft, dass ich irgendwie anders war. Sehr anders. Wenn ich jetzt ankam und ihm die Probleme eines wilden Wolfsrudels schilderte, würde ich Mühe haben, ihn von meiner geistigen Gesundheit zu überzeugen, und brachte womöglich das Geheimnis der Woodwalker in Gefahr.

Mir fällt niemand mehr ein, den wir noch fragen könnten, schickte ich den anderen grimmig in die Köpfe. *Wenn nur dieser verdammte Fuchs nicht gewesen wäre …*

In diesem Moment hatte ich eine Idee. Eine, ich muss es einfach sagen, wirklich brillante Idee.

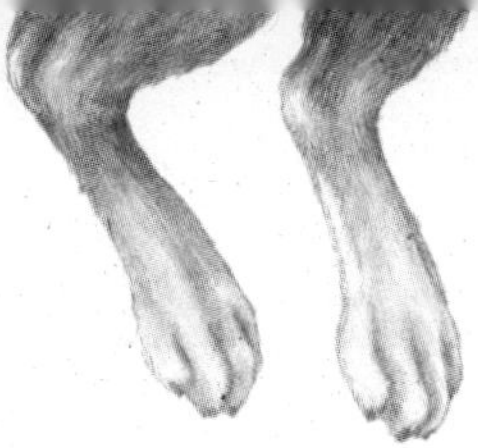

Fuchs-Power

Schon einmal hatte ich vor nicht allzu langer Zeit etwas wie »dieser verdammte Fuchs« gedacht. Nämlich nachdem ich bei der Abschlussprüfung mit dem Fuchs-Wandler Eric in seiner Sprache hätte reden sollen und das verkatzt hatte. Es hatte ihm total leidgetan, dass ich seinetwegen im ersten Anlauf durchgefallen war, und später hatte er mir geholfen, doch noch zu bestehen. Aber das war es nicht, woran ich dachte. Sondern, dass er mir erzählt hatte, dass seine Mutter Ärztin war. Und Ärzte konnten bestimmt Spritzen organisieren, auch wenn sie für Tiere gedacht waren.

Als ich den anderen davon erzählte, sah ich, wie ihre Augen aufleuchteten. »Aber wie kriegen wir die Nummer raus?«, rätselte ich.

Tikaani und Jeffrey griffen gleichzeitig nach dem Handy. Jeffrey gewann ganz knapp. »Auskunft«, sagte er und Mia und meine Eltern blickten gebührend beeindruckt drein. Zum Glück wusste Jeffrey, wie Eric mit Nachnamen hieß, nämlich Sheridan, und Tikaani wusste, dass er in dem kleinen Ort West Yellowstone lebte. Kurz darauf hatten wir die Nummer. Aber es war nun schon Mittag und etwa zwanzig Stunden her, dass Sommerwind gebissen worden war. Die Zeit rannte uns davon.

Ich war ziemlich nervös, als ich das Telefon übernahm und das Freizeichen tuten hörte. Einmal ... zweimal ... dreimal ...

viermal … *Bitte, bitte, lass sie nicht als Füchse irgendwo im Wald unterwegs sein,* schoss es mir durch den Kopf.

»Ja?«, fragte eine etwas gehetzte Stimme.

»Hier ist Carag. Sie wissen schon, aus der Clearwater High …«

»Ach hallo, Carag. Ich geb dich mal schnell an Eric weiter. Sein kleiner Bruder hat hier gerade alles mit Schinkenbrei vollgespuckt … nein, Schatz, nicht! *Nicht reinpatschen!«* Das Telefon wurde hastig weggelegt, bevor ich ein Wort herausbringen konnte.

»Hallo?« Das war Eric, unser Fuchs-Wandler, der im Herbst ins dritte Schuljahr kommen würde.

Ich erklärte ihm, dass wir gerade am Yellowstone Lake waren und um was für ein Problem es ging. Zwischendurch schielte ich besorgt auf den Ladebalken von Tikaanis Telefon, der runter war bis auf nur einen Strich … und die nächste Steckdose war viele Meilen entfernt.

»Was für ein Mäusedreck«, sagte Eric, als ich fertig war mit Erklären. »Tut mir echt leid, dass es einer von uns war. Ich hab schon ein paarmal mit wilden Füchsen gequatscht, die nennen das ›den Fluch‹ und haben große Angst davor. Moment, ich besprech's schnell mit meiner Mom.«

Das geht alles schief, sie wird uns bestimmt nicht …, begann Tabitha düster.

»KLAPPE!«, riefen Tikaani und ich fast gleichzeitig.

Gleich darauf hatten wir seine Mutter am Apparat. »Ich bin zwar gerade in Elternzeit, aber das macht nichts, ich könnte euch den Impfstoff in ungefähr einer Stunde organisieren. Natürlich nur, falls sie das Zeug in einer Apotheke hier im Ort vorrätig haben«, meinte Mrs Sheridan. »Und Eric babysittet so lange unseren kleinen Sonnenschein, nicht wahr?«

Ich hörte ein Stöhnen aus dem Hintergrund.

»Das klingt toll«, sagte ich halb dankbar, halb hilflos. »Nur weiß ich nicht, wie wir das bezahlen sollen – dieses Impfzeug ist nicht billig.« Geld hatten wir alle keins.

»Ach, ich strecke euch die Mäuse erst mal vor«, meinte Erics Mutter. »Damit das mit der Impfung noch klappt, okay?«

»Das ist unglaublich nett von Ihnen, das ...«, stammelte ich, aber Mrs Sheridan schnitt mir einfach das Wort ab. »Fragt sich nur, wie wir den Impfstoff zu euch an den Südarm des Sees kriegen. Das sind von hier aus etwa fünfzig Meilen, schätze ich, und ich kann hier gerade nicht weg.«

Auf Jeffreys Gesicht erschien ein Grinsen. »Wir holen das Zeug bei euch ab«, sagte er.

Ich war nicht der Einzige, der ihn anstarrte. »Zu Fuß?«, fragte ich.

»Sei nicht albern«, sagte Jeffrey und wählte eine eingespeicherte Nummer. »Ich kenn da ganz zufällig zwei Raben, die vor ein paar Tagen von ihrer Fresstour aus New York zurückgekommen sein müssten.«

Auf meinem und Tikaanis Gesicht erschien ein sehr, sehr breites Grinsen. Sah so aus, als hätten wir das Problem so gut wie gelöst! Ich hatte Wing und Shadow, die beiden jungen Raben-Wandler aus meiner Klasse, von Anfang an gemocht. Seit mir ein Jäger auf den Fersen gewesen war und ich als Puma angeschossen worden war, wusste ich, dass ich Shadow sogar mein Leben anvertrauen konnte. Auch bei meinem Ranger-Praktikum, als ich mitten im Schneesturm versucht hatte, einen verirrten Wanderer zu retten, hatte ich mich auf sie verlassen können.

Kurz darauf hatte Jeffrey Wing und Shadow am Apparat. »He, ihr Loser – seid mal ehrlich. Ihr seid zu schwach, um zwei Pakete über so ungefähr fünfzig Meilen zu transportieren, stimmt's oder hab ich recht?«

Ein zweistimmiges Kichern drang aus dem Telefon. »Ach, du bist es … hat dir jemand das Hirn weggepickt?«, kam es zurück.

»Nee«, sagte Jeffrey und grinste ebenfalls. »Es geht um 'nen Tollwut-Impfstoff, hier bei uns ist nämlich jemand von einem dieser rotpelzigen Kerlchen gebissen worden, ihr wisst schon. Wir …«

Er verstummte. Gespannt warteten wir, dass er unseren Freunden alles erklären würde, aber nichts passierte. Stattdessen rief Jeffrey nur »Hallo? *HALLO?* Verdammt!« und machte Anstalten, das Handy ins nächstbeste Gebüsch zu schleudern. Tikaani konnte es gerade noch verhindern, blitzartig packte sie seinen Arm und hielt ihn fest.

»Kannst du das Mistding nicht mal anständig aufladen, bevor du jemanden damit telefonieren lässt?«, raunzte Jeffrey sie an.

Ich reckte den Hals. Das Display war schwarz. Akku leer!

»O nein, das tut mir furchtbar leid«, sagte Tikaani. »Was ist mit deinem Gerät?«

»Zu weit weg, ich hab's in der Nähe der Schule versteckt«, presste Jeffrey hervor.

Sehe ich das richtig, euer Sprechding ist verreckt, bevor ihr euren Freunden durchgeben konntet, was sie wo abholen und hinbringen sollten?, fragte mein Vater ungnädig.

Das sehen Sie ganz richtig, fürchte ich, sagte Tabitha vom nächstbesten Ast aus.

Kann man Wölfe, die Tollwut haben, nicht irgendwie beruhigen, sodass die Wut weggeht?, fragte Terry. *Und sie dann nur noch toll sind?*

Ich schlug mir die Tatze gegen die Stirn.

Gegen die Zeit

Es war reines Pech, dass Tabitha ausgerechnet in diesem Moment einen Warnruf loslassen musste. *Da kommt jemand!*, rief sie und sofort waren wir alle in Alarmbereitschaft.

Wie sich herausstellte, war es ein Späher des Wolfsrudels, anscheinend Bisonfreund. Ich verwandelte mich, so wie auch Tikaani und Jeffrey, rasch zurück, aber der misstrauische, feindselige Blick des Wolfs machte mir rasch klar, dass er sowohl meine niedergeschlagene Geste als auch meine Verwandlung gesehen hatte. Nicht gut. Gar nicht gut.

Er fragte etwas in seiner Sprache, was Tikaani als *Wie geht es voran?* übersetzte, und fügte hinzu: *Unser Rudel ist in großer Sorge, ob das Menschenwunder für Sommerwind noch rechtzeitig kommt.*

Wenn ich ehrlich gewesen wäre, hätte ich nun *Wir auch* sagen müssen.

Es dauert manchmal einen halben Mond, bis der Fluch zu wirken beginnt, versuchte Tikaani ihn zu beruhigen. *Manchmal sogar länger. Wir haben noch Zeit. Sommerwind wird geheilt werden.*

Bisonfreund ließ sich nicht anmerken, was er darüber dachte. Er blickte sich in unserem Lager um, registrierte das tote Handy, den inzwischen halb verputzten Gabelbock und die Kräuterpackungen auf unseren Wunden. Ich hatte keine Ahnung, was ein Tier wie er sich zu alldem zusammenreimte und ob er verstand, was er sah. Sicher war ich mir nur, dass er unsere Nervosität wittern konnte.

Auch ein Stück?, fragte Terry leichthin, vielleicht um die Situation zu entspannen, und deutete mit der Schnauze auf den Gabelbock.

Der Wolf biss zweimal ab und schlang die Stücke sofort hinunter, er wirkte ziemlich nervös dabei und schielte ständig zu meinen Eltern hinüber. Dann wedelte er kurz, was wohl ein Dank sein sollte, wandte sich um und trabte davon.

Sein Besuch sollte uns garantiert zeigen, dass das Rudel uns im Auge behält, meinte meine Mutter.

Natürlich behalten sie uns im Auge, hätte ich in der Situation auch getan, erwiderte mein Vater. *Hat irgendjemand eine Idee, wie wir doch noch an diesen Impfstoff herankommen?*

Jeffrey und ich könnten ihn holen, sagte Tikaani entschlossen.

Ich traute es den beiden zu. Wölfe waren exzellente Langstreckenläufer, ihr leichtfüßiger Trab fraß die Meilen. Trotzdem war ich dagegen. *Hin und zurück würdet selbst ihr einen Tag und eine Nacht brauchen,* wandte ich ein. *Außerdem könnt ihr nicht beide gehen, sonst haben wir keinen Übersetzer mehr!*

Leute, das ist ein Ausnahmezustand, der ruft nach besonderen Maßnahmen, sagte Jeffrey.

Stimmt. Tikaani hechelte nervös. *Wir könnten in Menschengestalt ein paar Touristen anquatschen und fragen, ob wir ihr Handy benutzen können.*

Gute Idee, meinte ich. *Allerdings kommen hier nur ganz wenige Touristen vorbei.*

Dann müssen wir diese ganz wenigen halt überzeugen. Jeffrey grinste. *Notfalls tatkräftig.*

Tikaani warf ihm einen finsteren Blick zu. *Was meinst du mit tatkräftig?*

Ach, nur so eine Redensart, meinte Jeffrey, ohne eine Miene zu verziehen.

Das wird alles furchtbar schiefgehen, ihr werdet sehen, klagte Tabitha.

Klappe!, sagte Jeffrey.

Kurz darauf stand Tikaani neben einer winzigen Schotterstraße, die zu einem Campingplatz am Heart Lake führte. Wir anderen lagen ein Stück weiter im Gebüsch versteckt. Zum Glück näherte sich ziemlich bald ein abgewrackter Wagen mit zwei jungen Leuten darin. Ein Sonnenbrille tragender Mann und eine Frau mit kurzen rehbraunen Haaren, beide in Outdoorklamotten, soweit ich das durch die Windschutzscheibe erkennen konnte.

Tikaani winkte mit beiden Armen, damit sie anhielten. Was sie auch taten. Na also, gleich konnten wir Shadow und Wing Bescheid geben, wo sie den Impfstoff abholen sollten.

»Könnte ich kurz Ihr Handy benutzen? Es ist wichtig«, sagte Tikaani. Selbst aus der Entfernung konnte ich wittern, wie nervös sie war.

»Klar doch«, sagte die junge Frau auf dem Beifahrersitz und begann, in ihren Sachen herumzukramen. »Wo ist das Ding noch mal? Steve, hast du das Handy gesehen?«

Steve antwortete nichts. Ich ahnte Böses, als ich sah, wie fassungslos er Tikaani anstarrte. Dann trat er voll aufs Gas, sodass die alte Karre mit einem Ruck nach vorne schoss.

Tikaani betastete ihre Zähne, die sich in ein Wolfsgebiss verwandelt hatten. »Beim großen Gewitter, das ist mir schon ewig nicht mehr passiert! Warum gerade jetzt?«

Plan B, sagte Jeffrey grimmig. *Schnell, Terry, du musst hinterher und sie aufhalten!*

Terrys Augen wurden ganz groß. *ICH? Aber …*

Du lockst sie aus dem Auto und wir holen uns das Handy, das ist unsere einzige Chance, brüllte Jeffrey ihn an und Terry fragte nicht mehr. Er flitzte los.

Zum Glück fuhr das Touristenpaar wieder langsamer, nachdem sie sich vom ersten Schreck erholt hatten. Kurz darauf hatten wir sie eingeholt.

Dein Auftritt!, zischte ich unserem jüngsten Teammitglied zu, das nach den Abenteuern der letzten Woche dringend eine Portion Fellshampoo gebraucht hätte. Was aber in diesem Fall gut war. Es sah mitleiderregend aus, wie Terry winselnd am Straßenrand saß und eine Pfote hochhielt, als wäre sie verletzt.

Poah, ganz schön verfilztes Fell, meinte Tabitha. *Ich fürchte, für so einen Flohbeutel wird niemand anhalten.*

Der Wagen legte eine Vollbremsung hin. Beide Touristen stiegen aus, ich hörte ihre Schuhe auf dem Schotter knirschen. »Oh du armer Kleiner«, sagte die Frau und hockte sich neben Terry nieder. »Was ist dir denn passiert? Du siehst ja schrecklich aus!«

Jaja, ich hab's kapiert, sagte Terry genervt. *So sieht man halt aus, wenn man eine Zeit lang mit Pumas und Wölfen durch die Gegend zieht.*

»Hörst du, Martin, er winselt! Ich bin sicher, er hat Schmerzen und bestimmt auch Hunger. Ich hole schnell was aus meinem Rucksack.«

Ihr Begleiter blickte skeptisch drein, er blieb ein paar Schritten entfernt stehen. »Na, hoffentlich hat der keine Tollwut«, sagte er.

Das ist nicht witzig, sagte Terry. *Wie wär's jetzt mit Essen? Ich kann schon keinen Gabelbock mehr sehen!*

Er bekam eine große Portion Beef Jerky aus der Tüte.

»Na, das schmeckt dir, was?«, gurrte die Frau, während Terry es zerkaute.

Bisschen zäh, aber geht, sagte Terry gnädig und lockte die beiden noch weiter vom Auto weg.

Tikaani und ich nutzten die Zeit gut. Wir schlichen uns an, glitten lautlos ins Innere und machten uns auf die Suche. Oh Mann, von innen war der Wagen die reinste Müllhalde, überall lagen Verpackungen von Müsliriegeln, leere Getränkeflaschen, saubere und dreckige Klamotten sowie Campingzeug! Immer verzweifelter wühlten wir das Zeug durch, rissen das Handschuhfach auf, gruben uns durch die Rucksäcke. Nichts.

Wir müssen auf die nächsten Touristen warten, meldete ich den anderen niedergeschlagen. *Vielleicht klappt es mit denen und …*

Dafür haben wir verdammt noch mal keine Zeit. Jeffrey klang grimmig. *Nehmt halt den Wagen und holt das Zeug damit ab!*

Meinst du das ernst?, schoss ich entsetzt zurück.

»Er hat recht«, flüsterte Tikaani drängend. »Es kann Stunden oder sogar einen Tag dauern, bis wieder jemand hier vorbeikommt, den wir um sein Handy bitten können.«

Beim großen Gewitter, stöhnte ich. *Also dann los.*

Ich schnappte mir ein paar Anziehsachen und streifte sie über. Schnell beschlossen wir, dass ich fahren sollte, weil ich es irgendwann schon mal gemacht hatte. Mit heftig klopfendem Herzen duckte ich mich auf dem Fahrersitz und beäugte den Zündschlüssel. Das Ding musste man herumdrehen, damit der Motor startete, das wusste ich noch.

Zum Glück gab es bei Automatikautos wie diesem nur zwei Pedale – Gas und Bremse. Außerdem einen Hebel, auf dem man vier verschiedene Sachen einstellen konnte. Zum Beispiel »P« wie Parken.

»Wie geht noch mal das Rückwärtsfahren?«, flüsterte ich Tikaani zu. Meine erste und einzige Fahrt am Steuer eines Autos war schon eine Weile her.

»Einfach den Hebel auf ›R‹ wie ›Rückwärts‹ und dann Gas geben«, flüsterte meine Freundin zurück.

Viel Glück!, schickte uns Jeffrey. *Macht keinen Mist, okay?*

Machen wir doch schon – und zwar weil DU das vorgeschlagen hast! Ich drehte den Zündschlüssel, stellte den Hebel auf »R« und gab Gas. Gleich darauf schrien wir alle auf – die beiden Touristen, weil ihr Auto sich ohne sie auf den Weg machte, und wir, weil die Karre mit voller Geschwindigkeit nach hinten schoss.

Panisch schaute ich über die Schulter nach hinten, drehte am Lenkrad herum und versuchte, das Ding auf der Straße zu halten. War dieses Blechding entschlossen, in den Graben zu fahren? Es führte sich jedenfalls so auf. Und die jungen Leute waren ebenso entschlossen, uns aufzuhalten, wild die Arme schwenkend verfolgten sie uns.

Zum Glück kam kurz darauf eine Abzweigung. Ich wendete so heftig, dass der Kies nach allen Seiten spritzte, und rätselte kurz, wie ich den Hebel jetzt einstellen sollte.

»›D‹ wie Drive! D! D! D!«, schrie mich Tikaani an.

Mit zusammengebissenen Zähnen rammte ich das Ding auf »D« und trat wieder aufs Gaspedal. Wir holperten über die Piste und wurden so durchgeschüttelt, dass es sich anfühlte, als würden wir ständig von unserem Freund Brandon, der in zweiter Gestalt ein Bison war, in den Hintern getreten. Die beiden armen jungen Leute wurden schnell kleiner im Rückspiegel.

»Erinnere mich noch mal dran, warum wir das alles machen, Tiki«, stöhnte ich.

»Es ist eine Sache auf Leben und Tod!«, versicherte mir meine Lieblingswölfin, gerade ein schwarzhaariges Mädchen im rot karierten Holzfällerhemd.

»Wenn das rauskommt, fliegen wir von der Schule. Vielleicht landen wir sogar im Gefängnis.«

»Es kommt nicht raus.« Tikaanis Stimme klang ein bisschen zittrig.

»Tabitha würde das bestimmt anders sehen«, meinte ich und wir schafften es, uns anzugrinsen. Alles würde gut werden, ganz sicher! Wir würden diesen Impfstoff rechtzeitig bekommen und es schaffen, diese Wölfin zu retten.

Zum Glück endete die Schotterpiste irgendwann und wir düsten die asphaltierte Landstraße hoch, auf der nur wenige Autos unterwegs waren. Zum Glück war es die einzige Straße, sodass wir nichts anderes schaffen mussten, als fünfzig Meilen weit mehr oder weniger geradeaus zu fahren. Na ja, okay, zweimal mussten wir nach links abbiegen.

Schon wieder eine halbe Stunde vorbei. Immer weiter kroch die Krankheit durch Sommerwinds Körper – wann würde es zu spät sein, um ihr noch mit einer Spritze zu helfen? Ich fuhr so schnell, wie es irgendwie ging, ohne dass wir aus der Kurve flogen.

Tikaani kniff die Augen zu und hielt sich am Sitz fest. »Wer hat dir eigentlich Fahrunterricht gegeben, ein Rallye-Champion? Oder ein Selbstmörder?«

Ich hatte keine Ahnung, was ein Rallye-Champion war. Klang wie eine Pilzart. »Wieso Unterricht? Ich hab das mit dem Fahren doch schon mal gemacht, so schwer ist das nicht. Der Trick ist, allem auszuweichen, gegen das man stoßen könnte.« Ich knallte den Fuß auf die Bremse, weil gerade zwei Wapitis über die Straße sprinteten. Wir wurden nach vorne geschleudert und der Anschnallgurt schnitt mir in die Schulter.

»Guter Trick«, sagte Tikaani und packte den Sitz noch ein bisschen fester. »Echt gut. Aber ich glaube, mir wird gerade schlecht.«

Sie kurbelte das Fenster runter und es gab ein fieses Geräusch, als sie ihr Essen ausspuckte.

Dann mussten wir das erste Mal abbiegen. Gar nicht so einfach. Nach dem Anhalten gab ich zu heftig Gas. Der Wagen machte einen kurzen Satz, dann gab er röchelnd auf und starb. Zum Glück konnte ich ihn mit dem Zündschlüssel wiederbeleben.

»Nächstes Mal fahre ich«, knurrte Tikaani und ich fauchte sie an.

Wir waren beide sehr erleichtert, als ein Schild uns darüber informierte, dass wir uns endlich dem kleinen Ort West Yellowstone näherten. »Wir dürfen nicht durchs Tor des Nationalparks«, warnte mich Tikaani. »Sonst lassen sie uns nicht wieder rein, jedenfalls nicht ohne zig Dollar Eintritt.«

»Stimmt – und vielleicht halten die Ranger schon Ausschau nach diesem Auto«, sagte ich und umklammerte das Lenkrad. »Fast geschafft! Gleich haben wir dieses verdammte Zeug und dann schnellstens zurück.«

Wir stellten die Karre am Rand der Landstraße ab und stiegen aus. Verdammt, wir hatten bis hierher schon eineinhalb Stunden gebraucht, so viel wertvolle Zeit! Hoffentlich fanden wir wenigstens Erics Haus gleich.

Wir rannten los, als wäre ein Grizzly hinter uns her – neben der Straße entlang, dann durch den Ort, vorbei an Campingzubehör- und Souvenirläden, mit Holzschindeln gedeckten Steak-und-Fritten-Restaurants und jeder Menge Touristen. Wir mussten dreimal nach dem Weg fragen, aber dann standen wir schließlich keuchend vor einem einstöckigen, hellbraun gestrichenen Haus. Tikaani presste den Zeigefinger auf die Klingel.

Eric öffnete – und schaute verdutzt drein. »Oh, hi. Was macht ihr denn hier?«

»Den Impfstoff holen«, brachte ich nur noch heraus.

»Wieso? Den haben schon Shadow und Wing vor einer halben Stunde mitgenommen.«

Stumm starrten wir ihn an.

»Die Raben kamen hier an und haben gefragt, ob wir etwas darüber wissen, wo ihr seid und welche Medizin ihr brauchen würdet«, berichtete Eric. »Anscheinend haben sie mit euch telefoniert, jedenfalls haben sie sich daraus zusammengereimt, worum es geht und dass wir Füchse irgendwas damit zu tun haben. Zum Glück hattet ihr uns ja erzählt, wo ihr seid und worum es geht, deshalb konnten wir Shadow und Wing einen

Tipp geben, wo ihr gerade herumhängt. War es nicht okay, dass wir ihnen das Zeug gegeben haben?«

»Doch, doch«, brachte ich irgendwie heraus und schaffte ein verzerrtes Lächeln. Wahrscheinlich sah es aus, als wollte ich ihn gerade fressen, denn Eric wich zurück. Aber vielleicht machte er das auch, weil sich gerade ein winziges, extrem lautes und rothaariges Wesen – halb Baby, halb Fuchs – im Strampelanzug von der Seite näherte.

»Wollt ihr nicht schnell was Kaltes trinken und was essen oder so?«, schrie Eric, um den Krach zu übertönen. »Wie wär's außerdem mit was Besserem zum Anziehen? Wie seid ihr eigentlich hergekommen?«

»Willst du nicht wissen!«, schrie ich zurück und hinkte hinter ihm her ins Haus.

Im Haus roch es nach exotischen Gewürzen, vollen Windeln und Zedernholz. Wir nahmen die Klamotten, die Eric für uns aus seinem Schrank herausgesucht hatte, schütteten zwei Gläser Eiswasser in uns hinein und sagten Hallo zu Erics Mutter, die inzwischen mitbekommen hatte, wer da eingetroffen war. Sie war eine nicht sehr große Frau mit herzlichem Lächeln und einem dicken Zopf rotbrauner Haare; ihren schmalen Körper hatte sie in ein weites buntes Gewand gehüllt. »Was hast du denn mit deinem Fuß gemacht? Hat dich da jemand gebissen?«, kreischte sie mir ins Ohr. »Moment, den verarzte ich dir schnell.« Sie ging in ein Nebenzimmer und kam mit Desinfektionsmittel und Verbandszeug zurück. Kurz darauf hatte ich am Fuß einen wirklich hübschen blütenweißen Verband und in der Hand ein Schinkensandwich.

»Danke für alles«, brüllte ich. »Das Geld bekommen Sie so bald wie möglich zurück, Mrs Sheridan!«

»Jetzt müssen wir leider wieder los«, rief Tikaani. »Alle Details später, okay?«

»Okay. Viel Glück und immer gute Verwandlung.« Eric klang sehr neugierig, aber er und seine Mutter verkniffen sich zum Glück sämtliche Fragen. Vielleicht war es ihnen dafür auch einfach zu laut.

Das rothaarige Etwas im Strampelanzug klammerte sich an Erics Bein und versuchte hineinzubeißen. »Aua! Hör sofort auf, Mikey«, schimpfte Eric, pflückte seinen Bruder von sich ab und wollte ihn seiner Mutter geben. Doch die verschränkte die Arme.

»Hatten wir nicht ausgemacht, dass du dich den ganzen Nachmittag um ihn kümmerst?«, fragte sie, dann wandte sie sich an uns. »Wie habt ihr es eigentlich geschafft, so schnell hier zu sein? Braucht ihr irgendwie Hilfe für den Rückweg?«

»Nein, nein, also dann, tschüss!«, sagten wir hastig, stopften uns die Sandwiches rein und machten, dass wir wegkamen. Wenn Mrs Sheridan erfuhr, dass wir ohne Führerschein mit einem geklauten Auto gefahren waren, würde sie das nicht begeistern. Wahrscheinlich hätte sie trotz allem – sie hatte ja gesagt, sie könnte nicht weg – angeboten, uns zu fahren. Aber das ging nicht, wir mussten ja die Karre wieder abliefern.

Wir jagten in Höchstgeschwindigkeit auf dem Highway zurück, rumpelten über die Schotterpiste am Campingplatz – und entdeckten bei dieser Gelegenheit das Handy, als wir merkten, dass irgendetwas unter dem Fahrersitz herumpolterte. Eulendreck, mit dem hätten wir die Rabenzwillinge anrufen können, wenn wir es vorher gefunden hätten!

Tikaani und ich blickten uns an. »Sehe ich das richtig, waren die drei Stunden Fahrt für den … ähm, Hintern?«, sagte meine Gefährtin.

»Stimmt – und genau der tut mir inzwischen ganz schön weh«, sagte ich.

Wir ließen das Auto, die geliehenen Klamotten und das Handy auf dem Parkplatz des Campingplatzes, legten den Zündschlüssel und einen Zettel mit einer Entschuldigung auf den Fahrersitz und rasten los. Zurück zu unseren Freunden und unserer ganz eigenen Impfkampagne.

Die Nadel lässt grüßen

Als wir uns unserem Lager am See näherten, flatterten uns freudig zwei Raben entgegen. Der eine setzte sich mir auf den Kopf, der andere ließ sich auf Tikaanis Schulter nieder. *Na, ihr hättet auch gerne Flügel gehabt, stimmt's?,* fragte Shadow gut gelaunt.

»Dafür hatten wir die Kraft von hundert Pferden«, konterte ich.

Stimmt, auch nicht übel. Wing pickte Tikaani zärtlich ans Ohrläppchen. *Wir haben es ganz locker geschafft, das Zeug herzutransportieren. Ist das cool, oder was?*

»Sehr cool«, sagte Tikaani und dann stürzten wir uns förmlich auf Jeffrey, der den Impfstoff in den Händen hielt. »Yeah, ihr habt es!«

Was ist mit euch, wart ihr tatsächlich mit dem Auto in dieser Stadt?, fragte Mia neugierig.

»Äh, ja – vergessen wir das einfach, okay?«, meinte ich und warf einen schnellen Seitenblick auf Nimca und Xamber, die interessiert zuhörten. Meine menschliche Familie hätte mich für die ganze Aktion in der Luft zerrissen, aber meine Puma-Eltern fanden zum Glück nichts dabei, dass wir uns für einen guten Zweck eins dieser stinkenden Blechdinger »ausgeliehen« hatten.

Der Impfstoff bestand aus zwei bedruckten Pappschachteln,

die größte enthielt zwanzig Spritzen und einen von oben bis unten mit Buchstaben bedeckten Papierzettel. Die Buchstaben waren so klein, als wäre die Schrift darauf für Mäuse gedacht. Trotzdem war Jeffrey – in Menschengestalt und in mitgebrachten Klamotten – schon mit konzentriert gerunzelter Stirn dabei, das Ding durchzulesen. »Eigentlich ganz einfach«, meinte er. »Man rammt die Spritze in einen großen Muskel und drückt sie aus. Sommerwind braucht mehrere besondere Spritzen in einem bestimmten Abstand«, er hielt die kleinere Schachtel hoch, »die anderen Rudelmitglieder nur eine. Klingt easy.«

»Easy?«, echote ich ungläubig. Während ich die Spritzen anschaute, wurde mir langsam klar, worauf wir uns eingelassen hatten. Innerhalb der nächsten Viertelstunde mussten wir zwölf wilden Wölfen – vielleicht mehr, wenn es noch Welpen gab – ein spitzes Stück Metall in den Körper rammen. Und zwar offensichtlich in Menschengestalt, weil wir für diesen Job Hände brauchten.

»Vergiss nicht, keiner dieser Wölfe hat bisher einen Menschen aus der Nähe gesehen«, sagte ich zu Jeffrey, während Terry, Tabitha und Mia interessiert lauschten. »Die lassen uns doch nie an sich ran, wenn wir in erster Gestalt sind!«

»Na, dich schon mal gar nicht, weil du auch als Mensch meilenweit nach Katze stinkst«, informierte mich Jeffrey.

Ich war beleidigt. »Hast du hier eine Dusche gesehen?«

Schmeiß dich in den See, empfahl mir meine große Schwester und ich schauderte, denn der Yellowstone Lake war bekannt für sein eiskaltes Wasser.

»Wir probieren erst mal, ihm Wolfsgeruch zu verpassen«, sagte Tikaani, verwandelte sich zurück in eine Polarwölfin und schüttelte ihre Klamotten ab. *So, jetzt eine Runde Kuscheln, Carag!*

Das ließ ich mir nicht zweimal sagen. Ich setzte mich, umschlang sie mit den Armen und knuddelte sie so richtig durch, während die große weiße Wölfin ihren Kopf an mir rieb, mir die Wangen abschleckte und dabei kräftig wedelte.

»Okay, Geruchstest«, sagte Jeffrey danach und schnupperte an mir. »Schon besser. Mal schauen, was die Wölfe meinen. Die sind übrigens ganz in der Nähe, ich hab ihnen schon Bescheid gesagt.«

Rasch verwandelte Tikaani sich hinter einem Busch zurück und zog sich an. Dann näherten Tikaani, Jeffrey und ich uns dem Rudel vorsichtig, die anderen Mitglieder unserer Reisegruppe schauten aus der Entfernung zu.

Es fühlte sich gut an, nicht mehr in einer rollenden Maschine zu stecken. Meine bloßen Füße spürten das Gras und die sonnenwarme Erde, während ich wartete. Als Erstes kam der Späher – es war Bisonfreund – auf uns zu. Mit gesträubtem Nackenfell blieb er fünfzig Meter entfernt stehen und wagte sich nicht näher an die »Menschen« heran. Oje. War's das schon gewesen? Sie mussten noch viel näher kommen, wir mussten sie berühren können, sonst wurde das nichts.

Tikaani hob den Kopf und stieß ein Heulen aus.

»Was sagst du ihnen?«, flüsterte ich ihr zu und die Wölfe zuckten zusammen, als sie meine Menschenstimme hörten.

»Dass wir das Zaubermittel gegen den Fluch haben und alles gut wird«, murmelte sie.

Schließlich waren es die beiden Betas Finsterfell und Rissohr, die geduckt herantappten. Ganz still blieben wir stehen, die Arme an den Seiten herabhängend, und warteten ab. Obwohl ich sie am liebsten angeschrien hätte, dass sie sich beeilen sollten, dass wir keine Minute zu verlieren hatten und alles umsonst sein würde, wenn sie jetzt kniffen. Auch die Betas wagten sich nicht weiter heran als etwa zwei Meter und schlichen mit zurückgelegten Ohren um uns herum.

Jeffrey verlor schließlich die Geduld. Er knurrte die beiden an, blickte dann den beiden Alphas, die sich wie üblich vorsichtig im Hintergrund hielten, direkt in die Augen und stieß eine Folge von Lauten aus.

»Ups … er sagt ihnen, dass er nie gedacht hätte, dass sie so feige wären«, flüsterte Tikaani.

Einen Moment lang sah es so aus, als würden die Wölfe alle gemeinsam wütend über uns herfallen. Dann begriff ich, dass Jeffreys Worte gewirkt hatten. Sie kamen endlich näher! Die Drohhaltung diente nur dazu, uns klarzumachen, was passieren würde, wenn das Ganze nur eine Falle war.

Leider war das ungefähr das, was wir gleich tun mussten – Spritzen taten nämlich weh, das hatte ich in der Menschenwelt sehr schnell gelernt.

Shona, die Leitwölfin, ergriff schließlich die Initiative. Sie drängte ihre Tochter Sommerwind immer weiter auf uns zu, verhinderte, dass sie zur Seite weglief, und schubste sie schließlich genau auf Tikaani zu. Tikaani legte ihr beide Menschenhände auf den Rücken und ließ sie einen Moment lang dort, bis die junge Wölfin aufgehört hatte zu zittern. Dann strich sie ihr kurz beruhigend durchs Fell. »Spritze«, sagte sie leise und streckte eine Hand in meine Richtung aus.

Nervös fummelte ich mit der Verpackung herum, zog die Kappe von der Spritze und reichte den Impfstoff meiner Gefährtin mit sehr, sehr langsamen Bewegungen.

Sommerwind zuckte zusammen, als die Nadel sie pikste, blieb aber zum Glück stehen.

»War gar nicht so schlimm«, übersetzte Tikaani ihr Fiepen

und wir mussten alle drei lächeln. Bisonfreund nahm seine tapfere Gefährtin begeistert wedelnd in Empfang.

»Jetzt schützen wir euch alle gegen den Fluch, das ganze Rudel«, kündigte Jeffrey an.

So soll es sein, antwortete Shona. Sie und ihr Alpha-Gefährte machten den Anfang und kamen zu uns, um sich die Spritze verpassen zu lassen. Ihr gutes Beispiel wirkte, einer nach dem anderen ließen sich die Wölfe impfen, während Shona uns feierlich ihre Namen sagte: *Wolkengucker, Schnellzahn, Nordstern, Mondauge.*

Als wir die Spritze für Mondauge bereit machten – eine junge rötlich graue, etwas misstrauisch wirkende Wölfin –, stutzten Tikaani, Jeffrey und ich. Aus der Nähe hatten wir es alle gespürt, dieses undefinierbare Gefühl, dass wir es hier mit einer Woodwalkerin zu tun hatten! Aufgeregt probierte ich aus, ob ich die junge Wölfin lautlos mit meinen Gedanken erreichen konnte. *Mondauge, kannst du mich hören?*

Was hat das zu bedeuten, Katzenjunge?, kam es scharf zurück und die gelben Augen der Wölfin richteten sich auf mich.

Es bedeutet, dass auch du lernen kannst, dich zu verwandeln, erklärte Tikaani ihr sanft. Wir spürten alle Mondauges Entsetzen. *Ich? Ich bin doch kein …* Nervös blickte sich die Wölfin um und auch ich wurde unruhig. Was war, wenn die anderen Wind davon bekamen, dass sie ein Wesen war wie wir?

Nun mischte sich Jeffrey ein. *Keine Panik. Noch weiß das niemand außer uns. Wir werden dich nicht verraten.*

Mondauge drohte ihm mit gebleckten Zähnen. *Das ist auch besser für euch.*

Schon wurden die beiden Alpha-Wölfe darauf aufmerksam, dass hier etwas hakte. Wir mussten schnellstens so tun, als wäre alles ganz normal.

Aber wenn du willst, kannst du zu uns an die Schule kommen, flüsterte ich der Wölfin schnell zu. *Sie ist weiter südlich, beim Ort Jackson.*

Jeffrey warf mir einen scharfen Blick zu. *Geht's noch? Du hast nicht das Recht, jemanden in mein Rudel einzuladen, Carag.*

Hoffentlich hatte Mondauge das nicht mitgehört, sonst würde sie nie im Leben zu uns kommen. Ihre Impfung war abgeschlossen. Ohne uns noch einmal anzusehen und sichtlich durcheinander, trabte sie zu den anderen zurück, die zum Glück nichts zu ahnen schienen.

Auch wir waren aufgeregt – es kam ja nicht ständig vor, dass man einen neuen Wandler entdeckte, und nun hatten wir in diesem Sommer schon drei gefunden. Ob wir Mondauge irgendwann mal an der Clearwater High sehen würden?

So konzentriert wie möglich machten wir weiter mit den Injektionen. Eine hinkende, magere Wölfin traute sich nicht zu uns, was die beiden Betas kurzerhand lösten, indem sie sie in die Beine zwickten und so auf uns zutrieben. Sie zeigte ihnen die Zähne, gab aber nach; wir waren anscheinend das kleinere Übel. Kurz darauf war auch die Wölfin namens Knickpfote geimpft und wurde von ihren Rudelgefährten freudig wieder in die Gruppe aufgenommen.

»Jetzt die Welpen«, sagte Tikaani fest. »Ihr habt welche, oder? In einer Höhle irgendwo hier in der Nähe?«

Shona zögerte, doch dann lief sie davon. Ein paar Minuten später trug sie einen dickbäuchigen Welpen zu uns und setzte ihn vor Jeffrey ins Gras. Der Welpe versuchte davonzutapsen, aber keine Chance. Er bekam einen Piks in den Hintern, bevor er sich zweimal umgucken konnte. Auch sein Schwesterchen entging Jeffrey nicht.

So, nun werden wir sehen, ob Sommerwind und wir anderen

vom Fluch verschont bleiben, sagte Shona, sie klang freundlich, aber auch vorsichtig.

Tikaani nickte. *In ein paar Tagen wissen wir mehr.*

Die Alphas führten ihr Rudel davon, kurz darauf waren sie lautlos verschwunden.

Völlig erschöpft von der Anspannung ließen wir uns ins Gras sinken. Ich blieb in meiner Menschengestalt, damit mein Fußverband nicht abging, und Tikaani lag neben mir, ihre Hand in meiner. Mia warf sich als Puma auf der anderen Seite neben mich und legte ihre Vorderpranke quer über meine Brust. *Das war echt mutig von euch. Habt ihr eigentlich noch 'ne Spritze übrig? Ich kann auch noch sehr wütend werden.*

Ich schlug mir mit der Handfläche gegen die Stirn, holte die restlichen Spritzen aus der Großpackung und verabreichte sie meiner Familie.

Ist das wirklich nötig?, brummte mein Vater und wich zurück, als ich mich ihm mit der Nadel näherte.

»Ja«, sagte ich und drückte ihm das Ding in den Schultermuskel.

Manchmal müssen die Eltern einfach mal den Mund halten und akzeptieren, dass die Kinder es besser wissen.

Als wir uns ein bisschen erholt hatten, fragte Terry: *Also, was jetzt? Lungern wir hier herum, bis wir wissen, ob diese Wölfin durchdreht?*

»Nein, dafür haben wir keine Zeit«, sagte ich und richtete mich auf einen Ellenbogen auf. »Wir haben noch etwas sehr Wichtiges zu tun.«

Was denn?, fragte Tabitha, die an einem Strauch hing, allmählich wieder munter wurde, weil die Sonne immer tiefer sank, und gleich mal eine Runde herumflog. *Chillen und snacken?*

»Geld verdienen«, informierte ich sie, versuchte, sie mit der leeren Impfstoffpackung zu treffen und verfehlte sie knapp. Es war schon etwas länger her, dass ich in der Clearwater High beim Basketballtraining gewesen war.

Geld verdienen? Xamber klang entsetzt. *Aber wie sollen wir das anstellen?*

Terry richtete sich zu seiner vollen Größe auf, sodass er mir immerhin bis zum Knie reichte. Zum ersten Mal seit Tagen sah er wirklich unternehmungslustig aus. *Ich weiß, wie,* sagte er und hüpfte auf und ab wie ein pelziger Gummiball. *Aber ihr müsst den Hintern wieder hochbekommen. Mann, ihr seht aus, als wärt ihr alle schon in Rente! Los, los, schwingt die Pfoten, an die Arbeit!*

»Was ist Rente?«, fragte Mia neugierig. »Kann man das essen?«

»Leider nein«, informierte ich sie.

Wir hatten keine Wahl, wir mussten uns davon überraschen lassen, was unser Freund vorhatte.

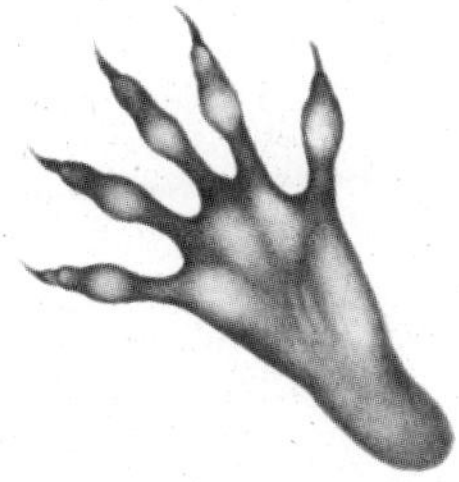

Dollars

Was ist von hier aus der nächste Ort, an dem reichlich Touristen sind?, fragte mich Terry.

Da ich mich an die Gegend von früher erinnerte, musste ich nicht lange überlegen. »Es gibt in Grant Village, etwas weiter nordwestlich, ein Besucherzentrum mit ein paar Gebäuden drum herum, einem Hotel, einem Anlegesteg und so was, da sind immer Touristen«, meinte ich.

Dann auf nach Grant Village!, verkündete Terry und trippelte uns voraus.

Und was machen wir dann dort?, fragte meine Mutter ein bisschen misstrauisch. *Klingt nicht nach einem Ort für Pumas.*

Ach, ihr gewöhnt euch schnell daran, meinte Terry. *Wir machen dort eine Tier-Show!*

Eine Tier-Show?, echote Mia verblüfft.

Kurz darauf hatten wir aus unserem Freund herausbekommen, wie er sich diese Show vorstellte: ein kleiner Mischling, der als Dompteur auftrat und die Leute dadurch beeindruckte, dass vier Großkatzen und zwei Wölfe auf seine Befehle hörten. *Und das klingt doch cool, oder?,* fragte Terry, offensichtlich hingerissen von seiner Idee.

Ungläubig blickten wir auf ihn herunter. »Vergiss es«, sagte ich. *Genau, vergiss es ganz schnell, Flauschball!* Mein Vater funkelte Terry an.

Haha, also ich find's toll, amüsierte sich Shadow, während er von einem Baum zum nächsten glitt. *Da bekommen die Leute was zu sehen! Vielleicht kann Carag sogar durch einen Reifen springen.*

Ich zeigte ihm den Vogel – das hatte ich von meinem menschlichen Pflegebruder gelernt und in diesem Fall passte es einfach. Kein Puma mit Selbstwertgefühl würde freiwillig durch einen Reifen springen oder sich von irgendeinem Dompteur-Typen herumkommandieren lassen!

»Es gäbe bestimmt einiges zu sehen, wenn vor dem Visitor Center plötzlich vier wilde Pumas auftauchten«, sagte Jeffrey trocken. »Doch ich fürchte, dafür bekommen wir kein Geld, sondern höchstens einen Betäubungspfeil.«

Terry ließ den Kopf hängen, aber nur kurz. *Ein Kunststück kann ich!,* berichtete er. *Das hat mir mein zweiter Besitzer beigebracht, bevor ich mich geweigert habe, noch mehr blöde Kommandos zu befolgen. Wartet, ich zeig's euch.*

Er ließ seine Beine einknicken, fiel auf die Seite und lag mit geschlossenen Augen da.

»Wann kommt denn das Kunststück?«, fragte ich.

»Ich glaube, das war es schon – er spielt tot«, informierte mich Jeffrey.

»Oh … aha«, sagte ich. »Toll, Terry. Vielleicht nicht ganz das Richtige, aber ganz verkehrt finde ich die Idee mit der Show nicht. Wisst ihr noch, unsere Aufheiterungsaktion im Krankenhaus damals? Dabei habe ich als Mensch mit Holly als Rothörnchen Kunststücke vorgeführt und es ist super angekommen. Wir hatten Spaß und haben uns nicht so gefühlt, als würden wir uns lächerlich machen oder so was.« Holly war die frechste Woodwalkerin, die ich kannte, und meine beste Freundin auf der Clearwater High.

Ach ja, da du gerade Holly erwähnst, meinte Wing. *Sie verbringt gerade mit ihren Adoptiveltern die Ferien hier in Yellowstone. Wir haben mit ihr telefoniert, als wir rauskriegen wollten, wo ihr seid, und sie hat gesagt, sie vermisst euch Pelzis ganz fürchterlich!*

»Ich vermisse sie auch«, gestand ich.

»Pelzis?«, fragte Tikaani. »Sie hat uns Pelzis genannt?«

Nachdem wir das geklärt hatten, arbeiteten wir an unserem allerneusten Plan: Einer der Rabenzwillinge würde Holly Bescheid geben, dass wir uns in Grant Village treffen würden, sodass sie und ein paar von uns in zweiter Gestalt beim Auftritt mitmachen konnten. Mia und meine Eltern, die nicht wirklich scharf auf so viele Menschen waren, würden sich in einem Versteck ausruhen und sich uns auf dem Rückweg wieder anschließen. Jeffrey würde in der Gegend bleiben, tagsüber beim Radiosender mithelfen und sich in den Nächten darum kümmern, dass Sommerwind ihre restlichen Spritzen bekam.

Wo war eigentlich Tabitha abgeblieben? Die war vorhin abgedüst und bisher nicht zurückgekommen. Als wir schon ungeduldig wurden, kam sie plötzlich mit Höchstgeschwindigkeit aus nördlicher Richtung angeflattert. *Hab mich nur kurz umgeschaut, damit uns niemand aus dem Hinterhalt überfallen kann. Und dabei habe ich am Ufer etwas Großartiges gefunden!*

»Was denn?«, fragte Tikaani neugierig.

Ein total malerisches Skelett, von einem Biber, glaube ich –

stellt euch doch mal vor, was man dort für Kunstperformances machen könnte, schwärmte Tabitha. *Und diese Farben der Fliegen, so ein herrliches Metallicblau und Grün und Violett! Wieso nur habe ich meine Videokamera nicht mitgenommen?*

»Du findest ein Skelett hübsch?« Jeffrey zog die Augenbrauen hoch. »Kann es sein, dass du nicht normal bist?«

Tabitha starrte ihm mit ihren tiefschwarzen Knopfaugen ins Gesicht. *Normale Leute machen mir Angst,* antwortete sie.

Dazu fiel Jeffrey nichts mehr ein.

Ich war bei diesem ganzen Thema anderer Meinung als er, sagte aber nichts, weil ich eine Idee hatte und nicht wollte, dass mir jemand bei meinem Plan dazwischenfunkte.

»Viel Glück«, sagte ich Jeffrey zum Abschied, nachdem Tikaani ihn umarmt hatte. »Versuch, dich nicht versehentlich in den Finger zu stechen!«

»Schon klar«, brummte er. »Und ihr – macht euch nicht allzu lächerlich, okay?«

»Okay«, sagte ich und teilte den anderen mit, dass sie noch einen Moment warten sollten, weil ich etwas zu erledigen hatte. Kurz darauf war ich zurück und wir zogen los nach Grant Village. Zum Glück merkte ich, dass mein Fuß sich schon viel besser anfühlte und ich zwar noch hinkte, aber weniger Schmerzen hatte. Es hatte dem Fuß gutgetan, dass er von einer richtigen Ärztin behandelt worden war. Also hatte sich die fellsträubende Tour zu Erics Familie doch gelohnt.

Während wir in Richtung Grant Village wanderten, besprachen wir unser Programm und übten Kunststücke ein, die uns gefielen und Spaß machten. Gar nicht verkehrt, dass wir mal wieder zeigen konnten, was wir so draufhatten. Und es würde eindeutig weniger heftig werden als bei unserem turbulenten Elterntag an der Clearwater High, als ich bei einem Schaukampf gegen einen ausgewachsenen Elch hatte antreten müssen. Aber daran erinnerte ich Tikaani besser nicht, sie war sauer gewesen, dass sie in einem Theaterstück namens *Das Geißlein und die vier Wölfe* hatte mitspielen müssen.

Unser Rabenmädchen Wing kam zurückgeflogen und richtete aus: *Holly sagt, sie kommt auf jeden Fall und es wird bestimmt total nussig!*

Das war lieb von ihr. Wir hatten ihr geholfen, als ihr Vormund sie gezwungen hatte, auf die normale Highschool zu gehen (worauf sie dort ein komplettes Chaos angerichtet hatte). Und jetzt half sie uns.

Trotzdem konnte ich noch nicht so ganz daran glauben, dass wir mit einer Tier-Show Geld verdienen würden – und sogar genug Geld, um den Impfstoff zu bezahlen. Wir brauchten immerhin mehrere Hundert Dollar!

»Mach dir nicht so viel Sorgen, Carag«, sagte Tikaani, gerade in Menschengestalt, und näherte ihr Gesicht meinem, bis sich unsere Lippen berührten. Was sich wie immer wunderbar anfühlte. »Wir treffen Holly, wir beide sind zusammen, alles andere wird schon irgendwie passen, okay?«

»Okay«, sagte ich und merkte, dass wirklich ein Lächeln auf meinem Gesicht erschien. Ich konnte nicht anders als lächeln, wenn ich diese wilde, wunderbare Woodwalkerin anschaute. Meine Tiki. Diesen Kosenamen hatte ich mir für sie ausgedacht und nur ich durfte sie so nennen.

Leider mussten sich die Rabenzwillinge wieder verabschieden, ihre Eltern wollten noch etwas mit ihnen unternehmen. *Wir sehen uns dann in der Schule. Ist das nicht cool, dass wir dann Zweitjahresschüler sind?,* rief Shadow und legte mit Wing einen Schnellstart hin.

»Doch«, sagte ich und winkte den beiden hinterher.

In Grant Village schauten wir uns erwartungsfroh nach Holly und gleichzeitig nach möglichen Orten für unseren Auftritt um – auf dem Parkplatz, vor dem Visitor Center und in der Lodge, in der ein paar Dutzend Touristen übernachten konnten. Dort gab es einen riesigen, edlen Speisesaal mit weißen, sorgfältig gefalteten Stoffservietten und Fenstern vom Boden bis zur Decke.

Mmh, riecht gut hier, sagte Terry, machte Männchen vor einem Paar, das gerade ein Steak verputzte, und setzte einen profihaften Bettelblick auf.

»Hier drinnen können wir bestimmt nicht auftreten«, meinte ich und lotste ihn und die anderen, so schnell es ging, nach draußen, denn schon näherte sich ein streng blickender Kellner.

Ich hätte die beiden fast so weit gehabt, beschwerte sich Terry.

»Die Bedienung hätte dich auch fast gehabt, und zwar am Nackenfell«, versicherte ihm Tikaani.

Draußen rannte jemand auf mich zu und warf sich mir an den Hals – ein nicht sehr großes Mädchen mit wilden rotbraunen Haaren und unternehmungslustig blitzenden Augen. »Holly!«, rief ich und umarmte sie fest zurück. Ihr Körper fühlte sich an wie eine gespannte Sprungfeder und ihre Haare sträubten sich förmlich vor lauter Energie.

»Na, endlich seid ihr da, ich warte hier schon mindestens zehn Jahre«, verkündete Holly. Währenddessen hatten ihre Eltern, die Silvers, Zeit gehabt, näher heranzuschlendern. »Erinnert ihr euch noch an meine Freunde aus der Clearwater High?«, fragte Holly.

»Natürlich – schön, euch zu sehen, Leute«, sagte Kenny, ein kräftiger, älterer Mann mit angegrauten braunen Haaren. Er und seine Frau Doris lächelten uns an. Sie hatten keine Ahnung, dass es Woodwalker gab und ihre Adoptivtochter Holly und das Hörnchen, das sie regelmäßig gefüttert und Sunday getauft hatten, ein und dieselbe Person waren. Und das war auch besser so.

Zum Glück wollten die Silvers noch eine Weile am Ufer herumschlendern. »Wir treffen uns später wieder, ja?«, meinte Doris Silver. »Du willst bestimmt noch ein bisschen mit deinen Freunden quatschen.«

Als wir allein waren, schlug Holly fröhlich vor: »Hey, Leute, die Raben haben gesagt, dass ihr einiges an Geld auftreiben müsst ... also hab ich gleich mal angefangen!«

Triumphierend zückte sie ein schwarzes Portemonnaie aus Leder. Entsetzt starrten wir das Ding an.

»Holly, wo hast du das her?«, zischte ich.

»Geklaut natürlich, was sonst?« Holly grinste dreist.

Gib das sofort zurück!, kommandierte Tikaani. *Das gibt nur Ärger.*

Schmollend schob Holly die Unterlippe vor. »Aber es ist doch für einen guten Zweck. Und der beknackte Typ sieht aus, als hätte er genug Kohle.«

»Holly!«

»Na gut«, gab unsere Freundin nach. »Bin gleich wieder da.«

Wir schauten beunruhigt zu, wie sie sich an einen Mann in khakifarbenen Hosen, Turnschuhen und einer dicken Kamera vor dem Bauch heranpirschte. Einen Moment lang folgte Holly ihm wie ein Schatten, was er zum Glück nicht bemerkte. Als er die Kamera hob und sich darauf konzentrierte, einen vorbeifliegenden Pelikan abzulichten, schmuggelte sie ihm die Geldbörse wieder in die Hosentasche. Wir atmeten alle auf, selbst Terry schnaufte einmal tief durch.

»Na gut, dann doch die Tier-Show«, sagte Holly, als sie

wieder zurück war, und wippte auf den Zehenspitzen. »Also, wann legen wir los? Bald, jetzt oder gleich?«

»Also ich bin für gleich«, sagte ich und zum Glück entdeckten wir den perfekten Auftrittsort am Ufer des Sees vor dem kleineren, ganz aus Holzbalken gebauten *Lakeside Restaurant.* Hier waren viele Besucher unterwegs.

»Ich verwandle mich schnell, dann können wir anfangen, oder?«, sagte Holly und rannte los, um hinter dem Haus die Gestalt zu wechseln. Tikaani lief gleich mit.

Zum Vorschein kam kurz darauf eine etwas genervte weiße Wölfin, auf deren Rücken ein Hörnchen Saltos übte.

Yeah, endlich! Ich musste dringend mal wieder richtig ich sein! Geht's jetzt endlich los? Holly raste auf Tikaanis Kopf hoch und packte sie mit den Pfötchen an beiden pelzigen Ohren, als wären sie die Griffe eines Fahrradlenkers.

Aua, hör sofort damit auf, du Hektikhörnchen!, beschwerte sich Tikaani und schüttelte den Kopf, sodass Holly im hohen Bogen davonflog. Sie legte eine Profilandung auf meinem Arm hin und raste hoch zu meiner Schulter. Terry versuchte, ihr mit den Augen zu folgen, bis er auf seinen vier Pfoten schwankte. *Puh, da wird einem schon vom Zusehen schwindelig!*

Schon waren die ersten Touristen stehen geblieben und ihnen schien zum Glück nicht schwindelig zu werden. Staunend und schmunzelnd knipsten sie Fotos. Perfekt!

»Ja, es geht los«, kündigte ich an und wir machten nahtlos mit den Kunststücken weiter. Holly rannte über meine ausgestreckten Arme, machte Männchen und Saltos auf meinem Kopf und führte eine gespielte, witzige Jagd mit Tikaani auf, wobei die weiße Wölfin im Kreis herumwirbelte, hochsprang und sich auf die Hinterbeine setzte. Dann jonglierte Holly auf Tikaanis Rücken mit Beeren, die sie von irgendeinem Strauch gepflückt hatte, während Tikaani dazu ihren Wolfsgesang anstimmte. Man sah den beiden an, wie viel Spaß sie dabei hatten.

»Könntest du mal mit dem Hut herumgehen?«, bat ich Terry und unsere Zuschauer waren begeistert, als der wuschelige Mischling sich wirklich den Schirm meiner umgedrehten Basecap zwischen die Zähne klemmte und damit wedelnd von einem zum anderen ging. Jede Menge Münzen und sogar Scheine landeten in der Kappe. Inzwischen strahlten wir alle bis auf diejenigen von uns, die das mangels Menschengesicht gerade nicht konnten. Terrys Plan funktionierte tatsächlich und gerade fiel mir noch eine Verbesserung ein.

»Wollen Sie ein Foto von sich mit Hörnchen oder Wolfshund? Jedes Foto fünf Dollar«, kündigte ich an und nun füllte sich unsere Kassenmütze noch schneller.

Auch die Silvers kamen vorbei. »Oh, siehst du das? Ist das nicht niedlich? Und das Hörnchen sieht genau aus wie Sunday, die immer bei uns vorbeikommt!«, schwärmte Doris.

»Ja, stimmt – ob dieses Kerlchen auch so gerne Nuss-Mix frisst?« Kenny fotografierte, was die Kamera hergab. »Komm, Doris, wir machen ein Foto von dir mit dem kleinen Star hier.«

Holly wartete nicht auf meine Anweisungen, sie setzte sich sofort auf Doris' Schulter und schmiegte sich an ihr Ohr. Doris strahlte, ließ sich aufnehmen und kramte dann in ihrer Geldbörse. »So, hier sind eure fünf Dollar«, meinte sie und wollte mir das Geld in die Hand drücken.

Das fand Holly superwitzig. *Haha, seit Neustem muss man dafür bezahlen, wenn man sich mit seiner Tochter fotografieren lassen will!*

»Nein, nein, für Sie ist das natürlich kostenlos«, sagte ich verlegen zu Doris und wehrte den Schein ab.

»Na gut, in Ordnung«, sagte sie überrascht. »Sehr nett von euch.«

Leider nahte nun das Unheil in Gestalt eines dicken Mannes im karierten Hemd, der aus dem Restaurant herausgekommen war und uns einen Moment lang mit gerunzelter Stirn zugeschaut hatte. Dann stapfte er zu uns herüber. »Habt ihr eine Erlaubnis für diesen Auftritt? Und weißt du nicht, dass Hunde im Nationalpark immer angeleint sein müssen?«, fuhr er mich an.

Terry knurrte ihn an, so gut das mit einer Mütze im Maul ging.

Was für ein Blödmann, dieser Mensch! Ich weiß, was wir dem sagen – sprich mir einfach nach, wütete Holly und so bekam der Typ von mir zu hören: »Sie mögen Kinder wohl nicht? Macht Ihnen das Spaß, allen anderen hier den Spaß zu verderben? Und was meinen Sie mit ›Auftritt‹? Wir spielen hier doch nur, ist das jetzt verboten, oder was?«

Das machte den Kerl vorübergehend sprachlos. Bevor ihm

etwas einfiel, was er erwidern konnte, machten wir uns lieber aus dem Staub.

An der Bootsrampe ließen wir unsere Füße beziehungsweise Pfoten ins Wasser baumeln und zählten unser Geld, während Möwen um uns herumflatterten. Tikaani schaute mir hechelnd über die Schulter, während ich kleine Stapel aus den Münzen baute und Terry die Vorderpfote auf die Scheine legte, damit sie nicht ins Wasser flattern konnten. »Achtundfünfzig Dollar und siebenundzwanzig Cent!«, staunte ich schließlich. »Das ist so waldig, ich hätte nie gedacht, dass das so gut klappen würde.«

Eine Frau hat sogar einen Zehn-Dollar-Schein in die Mütze geworfen, berichtete Terry.

Ich war gut, oder?, jubelte Holly. *Jedenfalls hat es total Spaß gemacht. Wir müssen unbedingt weitermachen, am besten jetzt gleich!*

»Aber es bringt nichts, wenn wir immer schon nach kurzer Zeit verjagt werden«, wandte ich ein. »Vors Restaurant können wir nicht noch mal und vor dem Visitor Center bemerken uns die Ranger schnell. Die würden merken, dass der weiße Hund eigentlich ein Wolf ist …«

Apropos Ranger, da kam schon eine Rangerin in hellbrauner Uniform und dem berühmten Hut mit der flachen Krempe. Mist, die hatte vermutlich Wind davon bekommen, was wir hier machten, und wollte uns einen Anschiss verpassen für die Sache mit den fehlenden Leinen! Hastig stand ich auf und auch Tikaani und Terry machten sich bereit zur Flucht.

Auftritt mit Hindernissen

Holly zwängte sich durch den Halsausschnitt in mein T-Shirt und kroch dann kitzelnd auf meinem Bauch herum. *Was soll das denn jetzt?*, fragte ich und verschränkte schnell die Arme, damit die Rangerin sie vielleicht übersah. *Meinst du, es fällt weniger auf, wenn ich einen hörnchenförmigen Klumpen unter meinem T-Shirt habe?*

Jetzt hatte die Rangerin mit den blonden, etwas strähnigen Haaren uns erreicht ... und lächelte freudig. »He ... das bist ja du, Jay!«

Jay – das war mein Menschenname. Verblüfft musterte ich die Frau genauer und erkannte Linda, eine der beiden Ranger, bei denen ich am Jenny Lake mein Praktikum gemacht hatte. Ich freute mich wirklich, sie zu sehen.

»Hallo, Linda«, sagte ich. »Arbeitest du in diesem Sommer hier?«

»Genau, wir wechseln regelmäßig die Einsatzorte und diesmal bin ich für Grant Village ausgelost worden«, erzählte Linda. »Und du ... bist du etwa der Junge, der hier Kunststücke mit einem zahmen Hörnchen und zwei Hunden aufführt? Mir haben schon einige Leute davon erzählt.«

»Äh, ja, genau, das bin ich«, gab ich zu und ließ vorsorglich schuldbewusst den Kopf hängen. Terry versuchte, sich hinter meinen Beinen zu verstecken, was nicht besonders gut klappte. »Wir sammeln Geld, um ein paar … äh, Hunde gegen Tollwut impfen lassen zu können.«

»Klingt gut«, sagte Linda, zum Glück wirkte sie nicht sauer. Ich schöpfte Hoffnung.

»Ich glaube, ihr habt im Park gerade wieder ein paar Tollwutfälle, oder?«, meinte ich. »Jemand, den ich kenne, ist neulich einem Fuchs begegnet, der sich sehr seltsam benommen und um sich gebissen hat.«

»Oh nein, und wir dachten, es ist gerade unter Kontrolle«, meinte Linda besorgt.

»Sagt mal, habt ihr zufällig Holly gesehen?«, mischte sich Kenny Silver ein. »Wir wollten mit ihr essen gehen, können sie aber nirgends finden.«

»Ich dachte, sie wäre bei euch«, fügte Hollys Mutter Doris hinzu.

Unter meinem T-Shirt rumorte es. »Äh … ich glaube, sie ist kurz auf Klo gegangen«, brachte ich heraus. *Holly, halt still!*

»Du kennst diese Rangerin?«, fragte Kenny neugierig.

»So ist es, dieser Junge war im Frühjahr unser bisher bester Praktikant«, meinte Linda und ich wuchs vor Stolz glatt eine Handbreit. So fühlte es sich jedenfalls an. Bis Linda hinzufügte: »Nur leider, Jay, kann ich dir nicht erlauben, hier mit zwei nicht angeleinten Hunden aufzutreten.« Sie beugte sich hinunter und streichelte Terry, der sich das ein bisschen verlegen gefallen ließ.

»Oh«, sagte ich geknickt. Fast sechzig Dollar in etwas mehr als zwanzig Minuten … Noch ein oder zwei Stunden länger und wir hätten unsere Schulden bezahlen können!

»Aber ich glaube, ich weiß, was wir machen könnten«, meinte Linda und deutete in eine bestimmte Richtung. »Gleich endet drüben auf der Bühne des Amphitheaters ein Vortrag über die Ökologie von Yellowstone. Wenn du Lust hast, könntest du die Leute noch ein bisschen unterhalten, dann bleiben sie bestimmt sitzen.«

Begeistert blickte ich Linda an. »Das wäre toll! Dürfen wir das wirklich?«

Linda lächelte mich an. »Ja, aber beeilt euch ... wenn die Leute erst mal gegangen sind, sind sie weg. Viel Glück, Jay.«

Holly streckte ihren Kopf aus meinem Halsausschnitt und jubelte, was zum Glück nur Woodwalker hören konnten. Ich stopfte sie wieder zurück. »Danke, total nett von dir, Linda.«

Beunruhigt sah ich, dass die blonde Rangerin nun Tikaani genauer musterte. »Wo hast du eigentlich diesen Hund her? Der sieht ja aus wie ein ...«, begann sie.

»Sorry, wir müssen los«, rief ich ihr zu und rannte los, so gut das mit meinem halb verheilten Fuß ging. Meine Freunde rannten mit – bis auf Holly, die musste sich nur festhalten.

»Holly! Wo bist du?«, hörten wir Kenny Silver hinter uns rufen.

Oje, meinte Holly. *Ich glaube, ich muss mich schnell mal kurz zurückverwandeln und denen Bescheid sagen, dass es bei mir noch ein bisschen dauert ...*

Aber beeil dich, bat ich sie.

Klar doch. Sie kroch aus meinem Hemd, hüpfte auf den Boden und lief mit langen Sprüngen los.

Wir kamen genau rechtzeitig am Amphitheater an, das aus einem runden Bereich mit einer kleinen Bühne und Sitzreihen bestand. Sie waren voll besetzt, es waren so viele Leute da wie Möwen in dem Schwarm vorhin. Gerade bedankte sich der Ranger, der den Vortrag gehalten hatte, und die Leute applaudierten. Ich hinkte zur Bühne, aber Terry und Tikaani überholten mich mühelos. »Nun gibt's hier eine Tier-Show!

Vielleicht haben Sie ja Lust, sich die anzuschauen?«, kündigte ich an und Tikaani hob den Kopf und schickte ihr Wolfsgeheul in den Himmel. Fasziniert setzten sich einige Leute, die schon aufgestanden waren, wieder hin. Nur leider konnten wir ohne den Star unserer Show nicht anfangen. »Ähm, uns fehlt nur noch eine Darstellerin«, meinte ich verlegen. »Bitte noch einen Moment Geduld!«

Quälend vergingen die Sekunden und die Leute blickten verwirrt drein.

Wir müssen ihnen was bieten. Kannst du wirklich keine Kunststücke?, fragte ich Terry nervös.

Sorry, nur das mit dem Totstellen, meinte Terry.

Ein schlaffes Fellbündel, das auf der Bühne herumlag, machte wohl kaum viel her.

Terry und ich könnten einen Scheinkampf aufführen, schlug Tikaani vor.

Meinst du wirklich, jemand will sehen, wie ein Wolf einen niedlichen Mischling in null Komma zwei Sekunden fertigmacht?, gab ich zurück.

Tikaani könnte mich ja gewinnen lassen, schlug Terry ganz unschuldig vor, aber meine Lieblingswölfin schnaubte nur.

Weil auf der Bühne nichts passierte, standen weitere Leute auf und gingen. Oh nein, wir verloren unser Publikum!

Holly? Wo bist du?, schickte ich verzweifelt ins Nirgendwo.

Als gerade auch die geduldigsten Zuschauer abhauen wollten, kam plötzlich ein blaues T-Shirt angerast, hoppelte über den Boden und bewegte sich über die Bühne. Ein erstauntes Raunen erhob sich. Klar – soweit ich wusste, war die Menschenwelt zwar reich an Wundern, aber laufende Kleidungsstücke gehörten eher nicht dazu.

»Ah, da ist unsere Star-Artistin«, kündigte ich erleichtert an und schüttelte Holly aus ihren Restklamotten heraus, was uns den ersten Applaus einbrachte. *Na endlich! Wieso hat das so lange gedauert, Holly?*

Meine Silver-Eltern wollten mir nicht glauben, dass ich keinen Hunger habe, und fanden es blöd, dass ich gleich wieder wegwollte, keuchte Holly, während sie mein Bein hochlief. *Meinst du, das ist leicht mit so einem Doppelleben, hä?*

Ich wusste ziemlich genau, dass es das nicht war. *Egal jetzt. Gib alles, Powerhörnchen!*

Holly gab alles. Diesmal ritt sie auch eine Runde auf Tikaani und die beiden hatten viel Spaß dabei, ein Wolf-und-Hörnchen-Rodeo aufzuführen. Unsere Zuschauer waren begeistert, und als Terry mit der Mütze herumging, spendeten sie großzügig, besonders als ich diesmal ganz ehrlich dazusagte, dass wir für Tollwutimpfungen bei Wölfen sammelten. Als ich nach unserem Auftritt das mit den Fünf-Dollar-Fotos ankündigte, bildete sich sofort eine Schlange.

Müde, aber glücklich lagen wir schließlich im Gras und zählten zum zweiten Mal an diesem Tag unser Geld, während Holly auf meinem Kopf hockte und versuchte, ein Nest aus meinen Haaren zu bauen.

Und wie viel?, fragte Tikaani gespannt.

»Hundertfünfundneunzig Dollar … plus die knapp sechzig

von vorher ... Leute, wir haben es geschafft!«, verkündete ich und wunderte mich, warum Holly wie der Blitz verschwand. *Das ist ganz toll und wir können stolz sein, aber das Doppelleben ruft,* hörte ich noch, dann verklang ihre Stimme in der Entfernung.

»Habt ihr Holly gesehen? Sie ist schon wieder weg«, brummte Kenny Silver, als er uns erreicht hatte. »Flöhe hüten wäre einfacher!«

»Das stimmt«, sagte ich und war trotzdem froh, dass meine beste Freundin keine Floh-Wandlerin war. Dann hätte sich nämlich ganz sicher niemand für ein Foto mit ihr angestellt.

Der Pakt

Wir beauftragten Holly, Erics Familie das Geld zu überbringen, verabschiedeten uns bis zum Beginn des neuen Schuljahres von ihr und machten uns auf den Rückweg zum Wolfsrudel. Endlich konnte ich wieder in meine Pumagestalt zurückschlüpfen, meine von Eric gespendeten Klamotten steckte ich in eine derzeit unbewohnte Murmeltierhöhle.

Da seid ihr ja endlich wieder!, freute sich Mia und versuchte, mein Ohr anzuknabbern. Um sie davon abzuhalten, versetzte ich ihr einen kräftigen Prankenschlag, natürlich mit eingezogenen Krallen.

Während ich meinen Eltern erzählte, wie viel wir verdient hatten, beäugten sie meine verletzte Pfote. *Heilt gut,* sagte mein Vater erleichtert. *Das ist ein gutes Omen! Na, dann lasst uns mal zum Wolfsrudel gehen ... und ein für alle Mal klären, was wir jetzt mit diesem Revier machen.*

»Genau«, sagte Jeffrey, zurzeit als Einziger in Menschengestalt. »Sommerwind hat alle Spritzen bekommen, mehr können wir nicht tun.«

Tabitha kundschaftete aus, wo das Wolfsrudel gerade war, und wir machten uns alle zusammen auf den Weg dorthin. Doch als wir aus dem Wald traten, blieben wir erschrocken stehen. Das Rudel hatte gerade einen Hirsch gerissen und zerlegte ihn gemeinsam. Es ist bei keinem Tier ratsam, es beim

Fressen zu stören. Drohend blickten die zwölf Wölfe uns entgegen, bereit, ihre Beute zu verteidigen. Von Wiedersehensfreude natürlich keine Spur. Einen Moment lang bewegte sich keiner von uns.

Wieso hast du uns nicht gesagt, dass sie gerade fressen, Fledermaus?, beschwerte sich mein Vater bei Tabitha, die sich kleinlaut entschuldigte.

Am besten, wir ziehen uns ganz langsam zurück, flüsterte Tikaani. *Die sind nicht in der Stimmung für Geplauder.*

Doch verblüfft sah ich, wie die Alphas Shona und Larkin sich erhoben und gemeinsam auf uns zugingen. Der Rest des Rudels hörte vorübergehend mit dem gierigen Schlingen auf, wartete ab und beobachtete uns.

Tikaani senkte den Kopf, wedelte und stieß eine Serie von Lauten aus. *Ich habe sie gefragt, wie es Sommerwind geht*, übersetzte sie für uns.

Die beiden Leitwölfe jaulten etwas und warfen einen Blick in Richtung der jungen Wölfin, um die es gerade ging. *Sie sagen, dass wir doch sehen, wie gut ihr Appetit ist*, meinte Jeffrey und ich konnte spüren, wie meine Freunde sich entspannten.

Shona wandte sich um, ging ein kurzes Stück in Richtung des toten Hirschs, kam dann zurück und blickte uns an, während sie leicht wedelte.

Moment mal, hab ich das richtig verstanden?, fragte Tikaani verblüfft. *Jeffrey?*

Ich habe auch verstanden, dass wir gerne einen Bissen mitessen können, sagte Jeffrey. Er sah aus, als wäre ein Blitz in ihn eingeschlagen.

Meine Eltern, Mia und ich blickten uns an – wir wussten alle, was für ein erstaunliches Angebot das war. Vorsichtig näherten wir uns, bis wir mitten zwischen den Wölfen standen, die uns skeptisch oder neugierig betrachteten. Auch noch während ich neben Tikaani das Maul senkte und der Duft des Fleisches mir in die Nase stieg, konnte ich es nicht glauben. Aber das hier geschah wirklich.

Wir wussten instinktiv, dass wir diese Einladung nicht zu wörtlich nehmen durften, und nahmen jeder nur einen Bissen, bevor wir uns höflich wieder zurückzogen. Es war ein großes Rudel, sie brauchten die Nahrung selbst. Aber die Geste zählte.

Mein Vater Xamber und die beiden Alphas betrachteten sich. *Sag ihnen, sie müssen nicht weg von hier,* meinte mein Vater plötzlich. *Sag ihnen, wir sind einverstanden, uns dieses Revier zu teilen. Hier gibt es Platz und Wild genug für uns alle. Das Rudel darf uns nur nicht mehr von der Beute, die wir gerissen haben, verjagen.*

Tikaani übersetzte und ich wartete ab, gespannt, wie sie auf den Vorschlag reagieren würden. Diesmal sahen die Leitwölfe aus, als würden sie die Welt nicht mehr verstehen. Ungläubig glotzten sie uns an.

Ihr wollt das Revier nicht mehr?, fragte Larkin verwirrt. *Obwohl wir es euch versprochen haben?*

Doch, bekräftigte mein Vater. *Aber ihr könnt das Revier mitbenutzen, wenn ihr wollt. Wir sind schließlich keine Feinde mehr, das wird schon klappen.*

Da glaubten sie es endlich. Shona und Larkin kamen wedelnd näher und dann berührten sich unsere Schnauzen und die der beiden Leitwölfe. Manchmal braucht man keine Worte, um Ja zu sagen. Ein Zittern durchlief mich, während ich ihren dunklen, wilden Wolfsgeruch einsog. Vielleicht war noch nie zuvor ein Pakt zwischen Wölfen und Raubkatzen geschlossen worden. Zwischen Tieren und Woodwalkern. Aber hier war es geschehen … und es gab ein bisschen weniger Hass in der Welt.

Nun hatten auch die anderen Wölfe begriffen und vergaßen kurz ihren Magen. Mit einem gemeinsamen, lautstarken Heulen feierten sie unsere Abmachung. Tikaani und Jeffrey stimmten ein und sangen mit, während Tabitha um uns alle herumflatterte und Terry sich vor Freude auf dem Boden wälzte und mit allen vier Pfoten in der Luft herumruderte.

Wow, wenn ich das jemandem erzähle. Ich habe echte Pumas und Wölfe kennengelernt und lebe noch, das ist einfach irre, hörte ich ihn vor sich hin murmeln.

Noch ganz beeindruckt von dem, was wir erlebt hatten, wanderten wir ans Seeufer zurück. Endlich konnten wir uns ganz und gar entspannen, für den Moment fiel jede Sorge von uns ab.

Also darf ich auf die Clearwater High gehen?, fragte Mia meine Eltern hoffnungsvoll. *Wir bleiben wirklich hier?*

Ja, du darfst, und ja, wir bleiben hier, sagte Nimca und vor lauter Freude stürzten Mia und ich uns auf einander und tollten herum wie die Kätzchen.

Na super, gleich zwei anstrengende Raubkatzen an der Schule, stöhnte Jeffrey und verdrehte übertrieben die Augen. *Das muss ein Albtraum sein.*

Ich glaube, da hast du was falsch verstanden, korrigierte ihn Tikaani gut gelaunt. *Wunschtraum nennt man so was.*

Hey, du bist meine Beta! Was fällt dir ein, mir zu widersprechen?, motzte Jeffrey, aber er schleckte Tikaani dabei über die Schulter.

Ich blickte Jeffrey noch immer an. *Danke,* sagte ich. *Es war viel verlangt, dass du uns helfen solltest, aber du hast es getan.*

Ach, halb so wild, brummte er. *Als Dankeschön kannst du mich mal abschreiben lassen. Im zweiten Jahr sollen die Klassenarbeiten ganz schön schwer sein.*

So machen wir es, sagte ich feierlich. *Aber wenn ich es falsch hatte und du dafür eine schlechte Note bekommst, ist das dein Problem, klar?*

Klar, sagte er und in seinen bernsteinfarbenen Augen leuchtete ein amüsierter Funke.

Aber bevor die Schule losgeht, kommst du mit in mein Dorf in

Nunavut, mischte sich Tikaani ein. *Und wir feiern dort meinen Geburtstag – hast du versprochen!*

Klar, ich freue mich schon drauf, versicherte ich ihr, was absolut stimmte.

Ganz plötzlich meldeten sich unsere neuen Freunde aus dem Tierheim zu Wort.

Ich hab's mir überlegt ... darf ich zu euch an die Schule?, fragte Tabitha und wandte sich an ihren besten Freund. *Terry, los, frag auch, das wäre genau das Richtige für dich!*

Terry blickte skeptisch drein, sagte dann aber: *Okay, ich bin auch dabei. Man bekommt bei euch richtig Noten und so? Kann ich auch eine Eins haben?*

Wieso nicht – wenn du dich anstrengst, meinte ich. *Ich helfe dir, wenn du mal was nicht weißt oder Ärger mit den Lehrern hast.*

Versprochen? Du lässt mich nicht im Stich?

Versprochen, sagte ich fest.

Tikaani stupste mich mit der Schnauze an. *Jetzt fliegen wir bald in mein Dorf in Nunavut, damit du mit mir Geburtstag feiern kannst! Wir gehen erst mal zurück nach Jackson Hole und in ein paar Tagen holt uns mein Vater dort mit dem Flugzeug ab.*

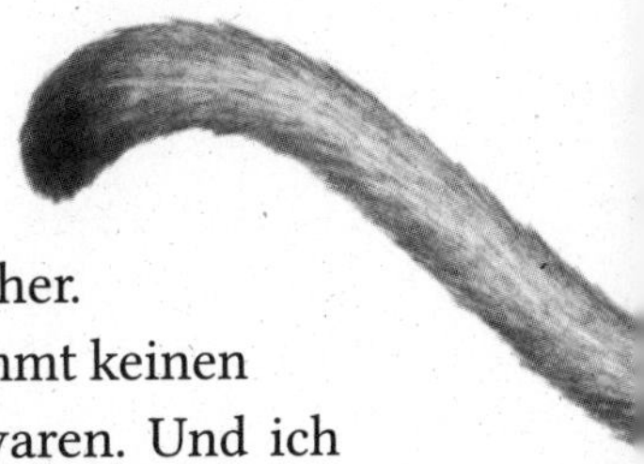

Oh yeah, ich freue mich schon, schickte ich zurück, plötzlich wieder ein bisschen unsicher. Aber noch ein paar mehr Wölfe machten bestimmt keinen Unterschied, zumal es ja auch Woodwalker waren. Und ich war schon irre neugierig auf die Heimat meiner Freundin. Ich musste es nur irgendwie hinkriegen, ein Geburtstagsgeschenk aufzutreiben. Und den Flug in der kleinen Maschine von Tikaanis Vater zu überleben.

Fliegende Katzen

Komm, da ist er schon, ich sehe seine Maschine!« Tikaani zog mich an einem Schultergurt meines Rucksacks weiter. Mit schnellen Schritten gingen wir über das betonierte Flugfeld, auf die rot-weiß gestrichene Propellermaschine zu. Sie hatte nicht nur Räder, sondern auch seltsame bananenförmige Teile unter dem Rumpf. »Das sind Schwimmer, dadurch kann Papa auch auf dem Wasser landen«, erklärte mir Tikaani.

Der Papa, von dem die Rede war – Edwin Blue Cloud –, hockte gerade auf der Tragfläche und schraubte an seiner Maschine herum. Ich holte tief Luft und berührte den silbernen Wolfspfoten-Anhänger, den Tikaani mir mal geschenkt hatte und den ich nun wieder um den Hals trug (ich hatte ihn während meiner Reise mit Mia bei den Ralstons gelassen). Dann ging ich Tikaanis Vater begrüßen.

»Schön, euch beide zu sehen!« Vergnügt schwenkte Edwin einen Schraubenschlüssel und schob seine blaue Basecap in den Nacken. »Was hast du denn da, Junge?«

»Ein Geburtstagsgeschenk«, sagte ich ein bisschen verlegen und rückte die Hirschkeule auf meiner Schulter zurecht. Damit sie nicht schlecht wurde, hatte ich sie eingesalzen; das mit dem »kühl halten« würde bestimmt bald die Arktis für mich erledigen. Das zweite, geheime Geschenk war tief in meinem Rucksack verstaut.

»Hm, wird nicht leicht, die in der *Beaver* unterzubringen, aber wir schaffen das«, sagte Edwin, während Tikaani und ich ins Innere der Maschine kletterten. Währenddessen fragte ich mich, warum die Maschine »Biber« hieß, obwohl sie keine Ähnlichkeit damit hatte. Es konnte nicht sein, dass irgendwelche Nagetiere mitgeholfen hatten, sie zu bauen, oder? Vielleicht war sie auch dazu da, Biber zu transportieren.

Tikaanis Vater war ein nicht sehr großer, kräftig gebauter Mann mit glänzend schwarzen Haaren und Lachfalten um die Augen. Er half uns geduldig, unser Gepäck zu verstauen, aber die Hirschkeule passte tatsächlich nicht rein, deshalb kam sie neben mir auf den Rücksitz zu anderen Kartons und Paketen (die ganze Maschine war vollgestopft mit Zeug für Tikaanis Dorf). Sie ragte immer noch ein Stück aus dem Fenster, als wir losflogen.

»Und, schöne Ferien gehabt bisher?«, fragte Tikaanis Vater.

»Ja, sehr katzig!«, sagte Tikaani grinsend, während sie sich auf den Vordersitz neben ihn hockte.

»Ah, Gehirnwäsche«, meinte Edwin mit hochgezogenen Augenbrauen.

Wir erzählten ihm abwechselnd, wie wir erst den Wölfen geholfen und dann auch noch die Impfung bezahlt hatten. Tikaanis Vater war stolz, das sah man ihm an. »Meine kluge tüchtige Tochter – vielleicht wirst du mal Tierärztin, wer weiß.«

Edwin gab uns Kopfhörer mit Mikrofonen, durch die wir uns während des Fluges unterhalten konnten. Bei den Vorbereitungen zum Start machte er eine Menge komplizierte Dinge mit den Anzeigegeräten und Schaltern, dann begann der riesige Propeller, sich zu drehen, und die Maschine vibrierte. Kurz darauf gab Tikaanis Vater auf der Startbahn Gas und ich starrte fasziniert nach draußen. Das Land sah aus wie mit einem hell- und dunkelgrünen Pelz bedeckt. Hier und da ragten schroffe graue Bergspitzen auf, zwischen denen wir hindurchflogen.

Obwohl ich bisher nur zweimal in einem großen Flugzeug geflogen war, hatte ich keine Angst mehr davor, so hoch oben in der Luft zu sein. Ich rollte mich auf dem Rücksitz zusammen, legte den Kopf auf die Hirschkeule und pennte ein. Katzen brauchen viel Schlaf und ich hatte in letzter Zeit durch die vielen aufregenden Ereignisse deutlich zu wenig bekommen. Leider zog es durchs halb offene Seitenfenster kalt rein, aber daran war ich erstens selbst schuld und zweitens würde es sowieso noch viel kälter werden. Nur kurz wachte ich auf, als die Räder der Maschine wieder den Boden berührten.

»Kurze Zwischenlandung zum Auftanken«, erklärte mir Tikaani. »Weißt du, dass du im Schlaf geschnurrt hast?«

Ich musste lachen. »Wer schnurrt, lügt nicht, sagt man bei uns. Das heißt wohl, dass mir das Fliegen gefällt.«

Wir starteten wieder, ich schlief wieder ein … und wachte mit einem Ruck auf, weil der Motor ganz seltsam klang. Genauer gesagt setzte er immer wieder aus.

»Verdammt«, sagte Edwin. Die Maschine verlor an Höhe und sackte außerdem ständig in irgendwelchen Luftlöchern durch. Wir holperten durch die Luft wie ein Lastwagen auf einer nicht fertig gebauten Straße. Ich klammerte mich an meinem Sitz fest. »Was ist? Es stimmt was nicht, oder?«

Niemand hatte Zeit für mich. »Da unten ist ein See, auf dem könnten wir zur Not landen!«, rief Tikaani und Edwin legte das Flugzeug in eine steile Kurve.

Doch schon lief der Motor wieder rund. »Keine Sorge, nur ein bisschen Vereisung – ich habe vergessen, die Vergaservorwärmung einzuschalten«, rief Edwin. Verlegen löste ich meine teilverwandelten Fingerkrallen aus dem Sitzpolster.

»Alles klar dahinten?« Tikaani drehte sich zu mir um.

»Der Hirschkeule geht's gut«, behauptete ich.

»Und dir?«

»Habt ihr einen Plastikbeutel?«

»Nein, leider nicht.«

Fünf Minuten später kotzte ich aus dem Fenster.

Erst nach und nach wurde mir klar, wie weit Tikaani gereist war, um mir zu Hilfe zu kommen. Ganze dreitausend Kilometer! Sie hatte ihren Vater auch nur dazu überreden können, weil ihr Dorf sowieso Vorräte und ein paar spezielle Sachen aus der Stadt brauchte. Unser Flug nach Nunavut dauerte mehr als fünfzehn Stunden und wir mussten dreimal zum Tanken zwischenlanden. Weil Tikaanis Vater das alles natürlich nicht in einem Rutsch schaffte und irgendwann eine Pause brauchte, landeten wir auf einem einsamen See mitten in den Wäldern und übernachteten dort in zweiter Gestalt, was den Vorteil hatte, dass wir dafür keine Schlafsäcke brauchten.

Nach einer Ewigkeit war es endlich so weit, Tikaani rief zu mir nach hinten: »Wir sind gleich da! Wetten, mein Bruder wird sich total freuen, dich kennenzulernen?«

»Du hast einen Bruder?«, fragte ich verblüfft – sie redete so selten von ihrem Dorf, dass ich diese wichtige Information irgendwie verpasst hatte.

»Ja, vier Jahre jünger, er heißt Nunik.«

»Okay.« Ich war gespannt, was für Überraschungen mich noch so erwarteten.

Wir waren in Baker Lake angekommen, das die einzige Siedlung weit und breit zu sein schien in einer weiten, baumlosen

Landschaft aus Bergen, Ebenen und Flüssen. Mit wackeligen Beinen stieg ich aus und blickte mich um. Der kleine Ort bestand aus einfachen Häusern und Schuppen und der einen oder anderen asphaltierten Straße.

»Wohnt ihr hier?«, fragte ich, doch Tikaani schüttelte den Kopf. »Abwarten.«

Zwei Leute – ein Mann und Merana Blue Cloud, Tikaanis Mutter – holten uns ab, kaum dass wir unser Flugzeug am Rand der Piste abgestellt hatten.

»Oh, unser Ehrengast!«, sagte Tikaanis Mutter freundlich. »Es sind schon alle gespannt auf dich.«

Manchmal kann ich am Klang der Stimme hören, wie jemand schwindelt, und die kurze Pause vor dem »alle« ließ mich stutzig werden. Irgendjemand hatte nicht gewollt, dass ich hierherkam ... wer? Hoffentlich nicht Tikaanis Bruder!

Dann halfen wir alle mit, die Vorräte aus der Bieber-Maschine umzuladen auf die Anhänger der beiden vierrädrigen Fahrzeuge, von denen ich inzwischen wusste, dass sie Quads hießen. »Ich dachte, ihr habt Hundeschlitten oder so was«, sagte ich.

»Haben wir schon, aber die ergeben nur Sinn, wenn Schnee liegt«, erklärte Tikaani. »Also fast immer, aber im Juli und August ist das weiße Zeug ausnahmsweise weg. Außerdem hat keiner von uns viel Lust, einen Schlitten zu ziehen – wir sind schließlich Wolfs-Wandler und keine Huskys.«

»Ich könntet die Huskys doch als Angestellte haben«, meinte ich und das brachte alle zum Lachen.

Nun war sämtliche Ladung verstaut. Der große Mann mit dem breiten Gesicht und den schmalen geschlitzten Augen richtete sich auf und musterte mich. Er roch nach Wolf, Leder und Diesel und interessiert sah ich, dass er den gleichen silbernen Pfotenabdruck-Anhänger trug wie ich.

»Darf ich vorstellen – Tanarak Snowdrift, mein Beta«, sagte Edwin und klopfte dem Mann auf die Schulter. »Wir sind zusammen aufgewachsen. Er ist als Kind von einem anderen Stamm gekommen, weil die den Verdacht hatten, dass mit ihm etwas nicht stimmte, wie sie meinten. Bei uns war er genau richtig.«

»Seid ihr alle Wolfs-Wandler bei euch im Dorf?«, fragte ich.

»Fast alle. Das ist sehr praktisch, weil wir uns dadurch nicht verstellen müssen«, erklärte mir Tikaani. »Wir haben ein paar, die das Erbe in sich tragen, sich aber nicht verwandeln können. Die Armen!«

»Denk dran, so was wie ›Die Armen!‹ nicht im Dorf zu sagen«, knurrte ihr Vater und meine Freundin nickte.

»Neugierig, dein Freund«, sagte Tanarak zu Tikaani. »Find ich gut, dass er sich hergewagt hat. Jetzt ist er wahrscheinlich die einzige Katze in tausend Meilen Umkreis.«

Ernsthaft! Ich war beeindruckt.

Meine Gastgeber machten sich bereit zur Abfahrt – Tanarak und Tikaani setzten sich hintereinander auf den einen Quad, ihr Vater und ihre Mutter auf den anderen. Damit waren, soweit ich sehen konnte, alle Sitze vergeben. »Äh ... ich kann laufen«, bot ich an.

»Quatsch – mach es dir einfach bequem«, meinte Tikaani und deutete mit dem Daumen nach hinten auf den Anhänger, auf dem auch unsere Rucksäcke schon verstaut waren. Also streckte ich mich auf dem Stapel der Pakete aus, legte den Arm um die Hirschkeule und sah wahrscheinlich aus, als hätte mich Tikaanis Familie irgendwo auf dem Weg aufgelesen und gleich mal eingepackt.

Amaruuk heißt Wolf

Die Siedlung von Tikaanis Leuten bestand aus drei großen Hütten aus Holz und etwa zwanzig Zelten aus einem hellen Material. Als sie die Quads zurückkommen sahen, kamen die Zeltbewohner neugierig näher – weiße Wölfe und grau-beige Wolfswelpen, aber auch viele Kinder und Erwachsene in Menschengestalt. Es waren etwa vierzig Woodwalker vom Volk der Inuit, die mich neugierig anstarrten, als ich von dem Anhänger herunterkletterte. Und alle trugen einen Anhänger wie den, den Tikaani mir geschenkt hatte.

»Hallo – ich bin Carag«, sagte ich, winkte und lächelte in die Runde. Ein paar Kinder lächelten und winkten zurück. Die Erwachsenen, von denen viele bestickte Lederkleidung, manche aber auch Jeans und T-Shirts trugen, blickten abwartend drein, manche auch skeptisch oder misstrauisch. Ein paar der weißen Wolfs-Wandler näherten sich mir, um meine Witterung aufzunehmen. *Kaum zu glauben, aber er ist tatsächlich eine Raubkatze,* sagte eine Frauenstimme in meinem Kopf.

Es wird ihm zu kalt werden, wenn er länger hierbleibt, meinte ein anderer der Wolfs-Wandler, ein Mann. *Katzen mögen die Wärme, habe ich gehört.*

Das musste ich sofort kontern! *Stimmt eigentlich … aber ich bin ein Berglöwe und keine Hauskatze.* Ich schickte ihm ein geistiges Bild davon, wie ich als Puma durch dichten Schnee lief und es dank meines Winterpelzes so richtig genoss. Die Menge raunte und mir wurde klar, dass niemand hier schon mal einen Puma gesehen hatte.

Der ist so groß wie ein Wolf!, stellte jemand fest. *Nein, noch größer!*

Hast du das gesehen? Er mag den Schnee, flüsterte ein anderer erfreut.

Manche beäugten auch neugierig meinen silbernen Anhänger, der leider nicht bedeutete, dass ich hier einfach so dazugehören konnte.

Ein etwa zehnjähriger Inuitjunge mit rundem Gesicht und fröhlichen Augen drängte sich durch die Menge, lief auf Tikaani zu und drückte sie. »Na, schon fleißig gespielt heute, Nunik?«, sagte meine Freundin und rieb zärtlich ihre Nase an seiner. Ah, ihr kleiner Bruder.

Nunik wandte sich mir zu und lächelte mich begeistert an. »Nicht nur. – Warte hier, Puma! Ich hab was für dich!«, rief er, rannte zurück und kam mit zwei Mokassins zurück, dicken gefütterten Lederstiefeln, die etwas ungeschickt mit blauen Perlen dekoriert waren. »Die hab ich für dich gemacht, Mama hat nur ein bisschen geholfen. Damit du immer warme Füße hast, wenn du gerade ein Mensch bist.«

»Echt nett von dir«, sagte ich gerührt … und sah aus dem Augenwinkel, dass Tikaani, ihre Eltern und ihr Beta begannen, die Anhänger abzuladen. Schleunigst machte ich mich daran, mitzuhelfen, um nicht als faul dazustehen. Weil ich genauso wenig einen schwachen Eindruck machen wollte, schnappte ich mir die schwersten Kisten, die ich finden konnte.

Auch ein muskulöser Junge etwa in meinem und

Tikaanis Alter schleppte Pakete und Benzinkanister. Im Gegensatz zu allen anderen schaute er mich nicht an, tat so, als würde er mich nicht sehen. Er hatte dichte dunkle Haare und trug als Einziger hier Sneakers, die schon ziemlich abgewetzt aussahen. Als gerade niemand hinsah, bemerkte ich, dass er über den Tank des Quads strich und die Gashebel befingerte.

»Na, schon genug gespart?«, fragte ihn Tikaanis Mutter.

»Bald«, sagte der Junge knapp.

»Wir brauchen nicht noch einen dieser Benzinfresser«, schimpfte eine Woodwalkerin, die dem Jungen ein bisschen ähnlich sah. »Und ich weiß wirklich nicht, wieso du Geld für Schuhe ausgibst, die nichts taugen.«

»Wenn er dafür gespart hat, kann er sich doch kaufen, was er will«, mischte ich mich ein, aber das kam aus irgendeinem Grund nicht gut an. Der Junge warf mir einen fiesen Blick zu und zeigte mir seine teilverwandelten Zähne. He, was sollte das denn? Vielleicht sollte es *Misch dich nicht ein* heißen.

Jetzt wandte der Junge sich an Tikaani. »Na, wie war's so in der Schule in letzter Zeit? Habt ihr wieder tolle Sachen gelernt und spannendes Zeug erlebt?«

»Geht so, oft war es ziemlich langweilig«, sagte Tikaani gleichgültig. »Und die Prüfung des ersten Jahres war sehr anstrengend, wir mussten jede freie Minute lernen und hatten kaum Zeit für irgendetwas anderes.«

Verblüfft blickte ich sie an. Bisher hatte ich gedacht, dass es ihr auf der Clearwater High sehr gut gefiel! Hatte ich mich da getäuscht?

»Aber jetzt habt ihr Ferien«, meinte der Junge. »Da braucht ihr euch nicht mehr mit Wandlern so vieler anderer Tierarten abzugeben.«

»Oh ja, das kannst du laut sagen«, erwiderte Tikaani.

Ich verstand diese Wölfin nicht mehr. Hatte sie nicht gerade dreitausend Kilometer zurückgelegt, um zusammen mit Woodwalkern in Puma-, Fledermaus-, Raben- und Hörnchengestalt ein Problem zu lösen?

Dann hatten wir die Anhänger endlich abgeladen und die Vorräte – darunter große Behälter mit Mehl, Salz, Zucker und Öl – in einer der Holzhütten verstaut. Die beiden Quads kamen in die andere Hütte, in der auch mehrere Schlitten und zwei Schneemobile geparkt waren. Dort war ich endlich einen Moment lang mit Tikaani allein.

»Was sollte das denn? Und wer war das?«, zischte ich ihr zu.

»Amaruuk, mein Cousin – alles Weitere erkläre ich dir später«, wisperte Tikaani zurück. »Sein Name bedeutet ›Wolf‹, wie auch meiner ... das ist eine große Ehre, weil ...« Plötzlich veränderte sich Tikaanis Stimme. »Ach, übrigens, Carag – die Hirschkeule kannst du in einer Steinhöhle in der Nähe verstauen, es ist das ganze Jahr über kühl da drin. Ich zeig sie dir gleich mal.«

Wahrscheinlich waren wieder irgendwelche dieser Wölfe in der Nähe, die mich so sehr an sie in ihrer zweiten Gestalt erinnerten.

»Alles klar«, sagte ich und ging neben meiner Freundin her nach draußen.

Viele Blicke folgten uns, als wir quer durch das Dorf gingen, und ich versuchte, so locker zu bleiben, als würde ich jeden Tag mit einer Hirschkeule über der Schulter herumspazieren. Diesmal beobachtete mich auch der Junge mit den Turnschuhen und versuchte nicht, es zu verbergen. Ich entschied, ihn nicht zu beachten, stopfte die Hirschkeule in die Höhle, verschloss sie mit einem großen Stein und ging dann mit Tikaani durchs Dorf zu ihrem Zelt. Ordentlich stellte ich meine neuen Schuhe vor den Eingang und schaute hinein in das etwas dämmrige, mit Kissen, Fellen und steinernen Lampen dekorierte Innere. Nur Tikaanis Mutter war da, sie machte gerade etwas mit einem Laptop und einem klobigen Ding, das vielleicht ein großes Handy war. Als sie mich sah, lächelte sie und erklärte: »Wir haben hier eine ziemlich langsame Internetverbindung über unser Satellitentelefon. Also, wenn du mal eine Mail schreiben möchtest …«

»Gerade nicht, danke«, meinte ich und wandte mich wieder an meine Freundin. »Lebt ihr den ganzen Sommer über in Zelten?«

Tikaani nickte. »Wenn der Winter beginnt, bauen wir uns stattdessen ein paar Iglus, in denen wir es auch in Menschengestalt gemütlich haben und auch mal eine Suppe kochen können. Aber die meiste Zeit sind wir als Wölfe unterwegs, laufen weite Strecken und genießen den rauen Wind und den Schnee.«

»Kann hier ordentlich kalt werden, oder?«

Tikaani lachte. »Oh ja. Falls du minus fünfzig Grad ›ordentlich‹ nennst.«

»Das tue ich«, gab ich zurück und schauderte, obwohl es jetzt nach Menschen-Messung ungefähr zehn Grad warm war. Grund genug für viele hier, nur mit einem T-Shirt oder mit noch weniger Stoff am Körper herumzulaufen. Überall spielten lachende Kinder, von denen sich ein paar plötzlich in Wolfswelpen verwandelten und dann wieder zurück, ohne sich die Mühe zu machen, sich zwischendurch etwas anzuziehen. Ein paar Meter weiter verwandelte sich eine kleine Familie – Vater, Mutter, drei Kinder – direkt vor mir, sie schoben ihre T-Shirts und Hosen mit den Pfoten in ihr Zelt und liefen als Wölfe in die Ebene hinaus. Aus einer anderen Richtung kam ein Wolf ins Dorf, verwandelte sich, ging als nackter Mann weiter und duckte sich in sein Zelt. Als ich Gesang hörte, wandte ich den Kopf. Eine Frau flocht an einem Gestell Kordeln und sang dabei etwas vor sich hin, was halb wie ein menschliches Lied und halb wie Wolfsheulen klang.

»Schon toll, dass ihr hier nicht geheim halten müsst, was ihr seid«, meinte ich ein bisschen neidisch und Tikaani nickte.

Mir fiel ein sehniger Mann auf, der gerade mit einem Speer den Zielwurf übte. Er überragte die anderen Dorfbewohner – alle Inuit – um einen halben Kopf und hatte hellbraune statt schwarze Haare. »Der sieht nicht aus, als würde er zu euch gehören«, sagte ich zu Tikaani.

»Ja, er heißt Luke und kommt aus der Großstadt«, antwortete sie. »Wir sind nicht ganz so offen wie die Clearwater High, aber wenn jemand in zweiter Gestalt ein weißer Wolf ist, kann er hierbleiben und bei uns leben.«

Ich schaute meine Freundin von der Seite an, wollte endlich wissen, warum sie das vorhin über die Clearwater High und unsere Freunde gesagt hatte. Doch ausgerechnet in diesem Moment rief ihr Vater: »Tikaani! Wir brauchen dich kurz hier«, und meine Freundin sagte »Bis gleich« zu mir und lief los.

Ich schlenderte noch ein bisschen in der Umgebung des Zelts herum … und sah plötzlich bestickte Mokassins in einer Matschkuhle liegen. Moment mal, das waren doch meine, die Tikaanis Bruder für mich gemacht hatte? Na toll, jetzt waren sie dreckig und feucht, wer hatte das getan?

Lange raten musste ich nicht – als ich die Schuhe aus der Kuhle gerettet hatte und aufblickte, sah ich mich Tikaanis Cousin Amaruuk gegenüber. Feindselig starrte er mich an. »Ein Katzen-Wandler hat bei uns nichts zu suchen«, sagte er. »Außerdem geht es gar nicht, dass jemand wie du mit meiner Cousine zusammen ist, du passt überhaupt nicht zu ihr.«

»Ich glaube, Tikaani kann selbst entscheiden, wer zu ihr passt«, sagte ich ruhig und wich seinem Blick nicht aus. Schließlich hatte ich durch Jeffrey viel Übung darin, mit schwierigen Wölfen umzugehen. »Und dass ich hier nichts zu suchen habe, scheinen ihre Eltern anders zu sehen, sonst hätte Tikaani mich nicht eingeladen. Übrigens, diese Aktion mit den Schuhen fand ich echt kindisch.«

»Sie hätte das Rudel vorher fragen müssen!«

»Ach wirklich? Ich dachte, bei euch entscheidet der Alpha. In diesem Fall ihr Vater Edwin Blue Cloud.«

»Nichts weißt du, Fremder – ich gehöre nicht zu seinen Leuten, sondern zum Nordwind-Rudel«, knurrte er. »In zwei Tagen startet in Baker Lake ein Flug zurück in den Süden. Den solltest du nehmen.«

»Aber Tikaanis Geburtstagsfeier ist erst in drei Tagen«, wandte ich ein, noch immer äußerlich ruhig, obwohl in meinem Herzen längst ein Waldbrand loderte. »Wie du dir vorstellen kannst, will ich die auf keinen Fall verpassen.«

»Dann muss ich wohl nachhelfen«, sagte er. »Ich rufe den Geist der Wildnis an! Vom heutigen Tag an soll diesem Woodwalker nichts mehr gelingen von dem, was er anpackt. Bis er unser Dorf wieder verlässt.«

Hä? Was? Das klang wie ein ... Fluch. Hatte dieser Wolfs-Wandler mich etwa *verflucht?*

Ich war so geschockt, dass ich kein Wort mehr herausbrachte, und offenbar zufrieden mit der Wirkung, glitt Amaruuk davon wie ein Schatten. Als Tikaani zurückkam und mich zärtlich an der Schulter berührte, stand ich noch immer da, als hätte mich jemand dort abgestellt, die durchweichten, aber hoffentlich nicht ruinierten Stiefel in der Hand.

»Alles klar?«, fragte meine Lieblingswölfin und blickte mir fragend ins Gesicht. »Du siehst irgendwie verwirrt aus. Oh, was ist denn mit den Stiefeln passiert?«

»Jemandem aus dem Dorf war wohl nicht recht, dass dein Bruder mir die geschenkt hat«, meinte ich und versuchte, das weiche Leder sauber zu klopfen.

Tikaanis dunkle Augen schienen vor Wut Funken zu sprühen und ihr entfuhr ein Knurren. »Wenn ich den erwische!«, sagte sie.

Kurz überlegte ich, ob ich ihr von dem Fluch erzählen sollte. Nein, lieber nicht. Ich wollte nicht, dass sie sich Sorgen um mich machte oder mich auslachte.

Also sagte ich: »Ansonsten aber alles prima, Tiki«, und zwang mich zu einem Lächeln.

Pechpfote

Vor ein paar Jahren, in meinem alten Leben als Puma in den Rocky Mountains, hätte ich noch nicht mal gewusst, was ein Fluch war. Und jetzt hatte ich schon zum zweiten Mal in diesen Sommerferien mit einem zu tun! Das Wolfsrudel davon zu befreien, hatte geklappt, weil es um eine Krankheit gegangen war, die sich besiegen ließ. Aber was kann man gegen einen blöden Spruch tun, der einem ständig im Kopf herumgeht? Er ist weniger gefährlich, aber trotzdem ganz schön nervig.

Erste Maßnahme – mehr über den Deppen herausfinden, der für den ganzen Eulendreck verantwortlich ist. Also wanderte ich mit Tikaani so weit in die Ebene hinaus, bis wir hoffentlich außer Hörweite waren. »Ich wusste gar nicht, dass es bei euch zwei Rudel gibt«, meinte ich.

»Doch, unseres heißt Wolken-Rudel und das andere wird Nordwind-Rudel genannt, es wird von Amaruuks Mutter geführt«, erklärte mir Tikaani. »Unsere Großeltern mussten die Leute irgendwann aufteilen, weil ein Rudel möglichst nicht mehr als zwanzig Mitglieder haben sollte. Sonst funktioniert es nicht gut.«

Ihr Cousin war der Nachkomme eines Alphas, so wie sie! Langsam ahnte ich, wo das Problem lag.

»Es stinkt ihm, dass nicht er dafür ausgewählt worden ist, aus unserem Stamm an die Clearwater High entsandt zu werden«, erklärte Tikaani, während wir nebeneinander hergingen. Mein Arm lag um ihre Schultern, ihr Arm um meine Hüften. Jeder konnte sehen, dass wir zusammen waren, und das war auch genau richtig so! »Als Kinder waren wir noch die besten Freunde, aber das hat sich geändert, als nur einer von uns auf die Clearwater High gehen durfte. Dadurch waren wir auf einmal Konkurrenten. Es tat mir auch irgendwie leid, dass die Ältesten nicht ihn als *ilisaijuq* – als Botschafter in der Schule – ausgewählt haben, aber was sollte ich machen? Verzichten? Nein!«

»Ach so ... und seither versuchst du, vor ihm nicht zu schwärmen, wie toll es auf unserer Schule ist«, meinte ich. »Nett von dir. Und er weiß es nicht mal zu schätzen.«

»Egal, denk nicht dran, das ist nicht dein Problem«, sagte sie und ich schaffte es irgendwie, keine Grimasse zu ziehen. »Freu dich einfach auf die große Moschusochsenjagd, die vor meinem Geburtstag stattfindet, damit wir ein richtiges Festessen für mich machen können. Meine Eltern haben erlaubt, dass du mitkommst, das ist cool, oder?«

»Sehr cool«, bestätigte ich sofort, obwohl ich keine Ahnung hatte, was ein Moschusochse war. Hoffentlich nicht so was Ähnliches wie ein Bison – seit ich Brandon kannte, konnte ich seinen wilden Verwandten keine Locke mehr krümmen.

»Komm, wir gehen schauen, was der Rest des Rudels gerade so macht«, meinte Tikaani und zog mich an der Hand mit.

Vom heutigen Tag an soll diesem Woodwalker nichts mehr gelingen von dem, was er anpackt. Bis er unser Dorf wieder verlässt. Immer wieder musste ich daran denken, ob ich wollte oder nicht. Vielleicht sollte ich mir einen schönen Gegenfluch für Amaruuk ausdenken?

Wir begegneten einer alten Frau, die gerade einen langen

Riss in einem der Zelte flickte. »Das war dein Bruder, er hat Speerwerfen geübt«, brummte die Frau und grinste uns mit einem fast zahnlosen Mund an. Die drei oder vier einzelnen Zähne sahen in ihrem wettergegerbten Gesicht aus wie kleine Eisberge.

»Zielen übt er dann wohl das nächste Mal?«, sagte Tikaani, warf einen prüfenden Blick auf das Zelt und schnappte sich Nadel und Faden, um eine ausgefranste Stelle am Rand auszubessern. »Carag, darf ich vorstellen? Das ist meine Großmutter Danaa.«

»Genau, die bin ich – und du bist dieser Katzenjunge«, sagte Danaa und betrachtete mich kritisch aus ihren schwarzen Augen, richtete dann den Blick wieder auf Tikaani. »Das haben wir alle befürchtet, dass du auf dieser Schule jemanden kennenlernst.«

Na toll! Weil mir keine Antwort einfiel, schnappte ich mir ebenfalls einen Flicken und Nähzeug, um mitzuhelfen. Wie so was ging, hatte mir meine Pflegemutter Anna mal gezeigt, nachdem mir zum zehnten Mal ein T-Shirt eingerissen war (sie konnte damals nicht wissen, dass meine Verwandlungen schuld waren). Eigentlich war ich ganz gut im Nähen. Doch diesmal fühlte es sich an, als hätte ich Zweige anstelle von Fingern. Erst fiel mir der Flicken runter, dann kam ich mit der Knochennadel nicht durchs Leder. Als es ganz plötzlich doch klappte, rammte ich mir die blöde Nadel tief in den Zeigefinger.

»Eulendreck«, murmelte ich, während ich mir das Blut ableckte.

Tikaanis Großmutter lachte los. »Sollte ich dich besser Eulenjunge nennen? Oder Nadelkissen?«

»Muss nicht sein«, brummte ich und musste sofort wieder

an diesen verdammten Fluch denken. Wirkte er etwa tatsächlich?

»Der Name ›Tikaani‹ bedeutet also einfach ›Wolf‹ ... und was heißt das Wort ›Danaa‹ in eurer Sprache?«, fragte ich, während ich tapfer weiternähte.

»›Dollar‹«, sagte die Großmutter und grinste noch breiter. »Ich konnte schon als Kind gut mit den Weißen verhandeln.«

»Ohne sie hätten wir das Flugzeug nicht und auch keine Messer oder Reservenahrung für den Winter«, berichtete Tikaani.

Das war ja eine lustige Oma. Einen Moment lang war ich traurig, dass ich meine Großeltern nicht kennengelernt hatte; soweit ich wusste, waren sie schon gestorben. »Was verkauft ihr denn? Pelze eurer Beutetiere?«, fragte ich.

»Nicht nur«, sagte Tikaani und winkte mich weiter. »Moment, ich zeig's dir.«

Ihre Großmutter wirkte erleichtert, dass wir nicht länger helfen wollten, und winkte uns vergnügt hinterher.

Hinter einem anderen Zelt saß eine rundliche Frau und beugte sich über etwas, das auf den ersten Blick wie ein faustgroßer grünlich weißer Klumpen aussah. Sie schmirgelte daran herum und schabte mit einem Messer hier und da etwas ab.

»Hallo – wir wollten nur mal schauen, wie weit du bist«, begrüßte Tikaani sie und die Frau schaute freundlich auf.

»Fast fertig, ich muss es nur noch polieren«, sagte sie stolz und hielt uns das Ding hin. Jetzt konnte ich sehen, dass es eine Statue war, das Abbild eines Eisbären aus grün-weißem Stein. Ich staunte darüber, wie echt das Tier aussah. »Ihr seid Künstler?«

»Genau, viele hier im Dorf sind richtig gut darin, Speckstein zu schnitzen – ich nicht so, aber zum Beispiel mein Cousin Amaruuk«, erklärte Tikaani.

»Aha«, brummte ich. Dem gönnte ich das Talent nicht.

Meine Freundin drehte die Statue in den Händen, um sie besser bewundern zu können. »Bei uns finden wir hauptsächlich grauen oder weißen Stein – prima geeignet für Wolfsfiguren! –, aber manchmal tauschen wir Steine anderer Farbe mit weiter entfernten Gegenden.«

Sie gab die Statue an mich weiter, obwohl ich gerade den Mund öffnen und ihr sagen wollte, dass sie das besser nicht machen sollte. Und wieder schlug der Fluch zu. Kaum hielt ich die glatte, kühle Gestalt in den Händen, rutschte sie mir auch schon aus den Fingern und knallte auf den Boden. Leider fiel sie nicht auf weiches Heidekraut, sondern auf einen Felsen, deshalb platzte ein Stück vom Vorderbein des Eisbären ab. Sprachlos vor Entsetzen blickten wir alle drei auf die beschädigte Statue, die dem Dorf womöglich ein paar Hundert Dollar eingebracht hätte.

»Es tut mir so schrecklich leid«, stammelte ich.

Betrübt reichten Tikaani und die Künstlerin die Statue hin und her, betrachteten sie aus jedem Winkel und diskutierten in ihrer Sprache, ob sie zu retten war.

»Sie hat gesagt, sie versucht, es zu reparieren, bestimmt schafft sie das, sie ist unsere beste Künstlerin«, sagte meine Freundin und legte mir tröstend die Hand auf den Arm. »Komm, wir gehen eine Runde jagen, das bringt dich auf andere Gedanken.«

»Okay«, sagte ich niedergeschlagen und hoffte, dass wenigstens das klappen würde. *Vom heutigen Tag an soll diesem Woodwalker nichts mehr gelingen von dem, was er anpackt,* sang Amaruuk höhnisch in meinem Kopf; jedenfalls kam es mir so vor.

Wir verwandelten uns und ließen unsere Sachen im Zelt von

Tikaanis Eltern. Es fühlte sich wunderbar an, wieder in meiner zweiten Gestalt zu sein, genüsslich machte ich einen Katzenbuckel und streckte meine Muskeln. Fasziniert starrten uns die Leute aus dem Dorf an, als Tikaani und ich – eine Polarwölfin und ein Puma – gemeinsam an ihnen vorbeikamen. Auch Amaruuk sah ich zwischen den anderen Leuten, er hatte ein eigenartiges Lächeln aufgesetzt.

Ich ignorierte ihn und war froh, dass wenigstens Nunik mir zulächelte. »Das ist gar nicht schlimm, dass deine Stiefel nass geworden sind«, sagte er. »Ich zeig dir nachher, wie man das Graspolster innen drin gegen ein trockenes austauscht.«

Total nett von dir, sagte ich und war kurz davor, ihm

dankbar über die Wange zu schlecken. Aber dann ließ ich es doch lieber, weil ich nicht wusste, wie so was hier ankommen würde.

Tikaani und ich liefen los zu einer Hügelkuppe. Mit langen Sprüngen rannte ich voraus. Es war windig, doch die arktische Sonne wärmte mein Fell und gab mir neue Zuversicht. Die Gegend war ungewohnt: kein Baum und kein Strauch weit und breit, nur Gras, Steine, Moos bis zum Horizont.

Jetzt ganz leise, flüsterte mir Tikaani in den Kopf und blieb bewegungslos stehen, alle vier Pfoten gegen den Boden gestemmt. *Vielleicht erwischen wir einen der Lemminge dort vorne.*

Ich bekam Appetit, als ich die kleinen braunen Tierchen sah, doch leider waren sie schneller als wir und nahmen blitzschnell Reißaus. Pech. Aber das war ich heute ja schon gewohnt.

Wir liefen noch eine Weile weiter, bis Tikaani plötzlich mit gespitzten Ohren den Kopf hob. *Witterst du das auch? Hier riecht's nach Hase! Wir pirschen uns vorsichtig an, okay?*

Kurz darauf sahen wir unsere Beute, ein Grüppchen von zehn jungen Polarhasen. Sie hatten uns bisher weder gesehen noch gerochen und galoppierten munter drauflos.

Gleich, gleich! Tikaani war voll im Jagdfieber, sie fiepte fast vor Aufregung. Geduckt wartete sie darauf, dass die Hasen in Reichweite kamen.

Genau in diesem Moment musste ich niesen. Ausgerechnet. Ich war nicht mal erkältet. Mir war auch nicht so wie im Tierheim etwas in die Nase geraten. Keine Ahnung, wie das sein konnte. Aber es war geschehen und in der Stille der Gegend klang es, als wäre mir gerade die Schnauze explodiert.

Die Hasen kapierten, was Sache war, und zischten in Höchstgeschwindigkeit ab. Wir rasten los, um vielleicht noch ein oder zwei zu erwischen, aber keine Chance.

Auf jeden anderen wäre Tikaani wahrscheinlich stinksauer gewesen. Aber mich schaute sie nur an, den Kopf ein bisschen schief gelegt. *Nicht wirklich dein Tag, oder? Wenn du so weitermachst, bekommst du hier den Spitznamen »Pechpfote«.*

Ich musste die Zähne zusammenbeißen. Konnte das wirklich Zufall sein, dass mir auf einmal so viel schiefging? *Besser, ich gehe nicht mit auf die Moschusochsen-Jagd,* sagte ich zu meiner Freundin. *Sonst verpatze ich die auch noch und das wäre scheußlich ...*

Was? Nein, ich will unbedingt, dass du mitkommst! Tikaani musterte mich ganz genau mit ihren mitternachtsblauen Wolfsaugen. *Irgendwas stimmt nicht, ich spüre das doch. Sag mir, was los ist, Carag. Sonst muss ich dich leider beißen!*

Als Mensch hätte mich das zum Lachen gebracht und ich wollte nichts lieber, als endlich offen mit ihr zu reden. Also gestand ich ihr: *Dein Cousin Amaruuk möchte nicht, dass ich hier bin ... als ich mich geweigert habe, wieder abzufliegen, hat er mich mit einem Fluch belegt.*

Wie bitte? Mit einem Fluch? Tikaanis Nackenfell hatte sich gesträubt. *Was hat er denn genau gesagt?*

Ich erzählte es ihr. *Vielleicht liegt es daran, dass mir heute alles schiefgeht,* fügte ich entmutigt hinzu.

Eigentlich hatte ich ein »Ja« erwartet, doch Tikaani überraschte mich. Mit flammendem Blick und gefletschten Zähnen fuhr sie zu mir herum. *Echte Flüche gibt es nicht, Carag, das ist alles ein Haufen Blödsinn! So was funktioniert nur, wenn du daran glaubst, verstehst du? Weil du denkst, dass dir wegen des Fluchs eigentlich alles schiefgehen müsste, ist es dann auch so.*

Meinst du wirklich?, fragte ich verblüfft.

Wir standen uns Nase an Nase gegenüber, blickten uns in

die Augen. *Ja! Neulich habe ich etwas darüber gelesen ... es gibt Prophezeiungen, die sich selbst erfüllen.*

Leider hatte ich keine Ahnung, was eine Prophezeiung war.

Stell dir vor, jemand total Wichtiges sagt dir, dass es in den Sternen steht, dass du die nächste Prüfung nicht schaffen wirst, erklärte Tikaani. *Wenn du demjenigen glaubst, dass es tatsächlich vorherbestimmt ist, wirst du wahrscheinlich aufhören, dich anzustrengen, weil es sowieso keinen Sinn hat. Und dann fällst du wirklich durch!*

Hm, stimmt, meinte ich nachdenklich.

Aber wenn du ihm nicht glaubst, dann würdest du eher denken: »Ich zeig's dir, ich zeig's euch allen«, und dich umso mehr anstrengen, fuhr Tikaani fort. *Dann schaffst du die Prüfung doch.*

Unruhig tappte ich hin und her, ging ein Stück, drehte um, lief zurück. Bewegung half mir immer beim Nachdenken. *Eigentlich glaube ich ja nicht an Flüche oder daran, dass irgendetwas Glück oder Pech bringt. Meine Eltern denken, es gibt einen Sonnengott und Dämonen und so, aber davon war ich nie überzeugt.*

Umso besser, sagte Tikaani.

Andererseits habe ich ein mulmiges Gefühl im Bauch, wenn ich an diesen Fluch denke, gestand ich. *Das heißt wohl, dass etwas tief in mir doch daran glaubt. Zumindest ein bisschen.*

Kann ich verstehen, murmelte Tikaani.

Ich gab mir einen Ruck. *Es ist also so, dass ich ganz und gar aufhören muss, daran zu glauben, dass dieser Fluch wirkt. Das ist nicht leicht, weil mir heute tatsächlich schon so viel schiefgegangen ist.*

Ich spürte, wie beunruhigt meine Freundin war. Wir wussten beide, dass morgen die Moschusochsenjagd stattfinden sollte. Dabei durfte ich nicht versagen, sonst würde es garantiert nicht nur peinlich, sondern sogar gefährlich für mich werden.

Ich habe eine Idee, sagte Tikaani kampflustig. *Komm, wir laufen zurück zum Dorf … jetzt sofort. Ich weiß, wie wir dir helfen können – und Amaruuk wird sich selbst auf die Pfoten pinkeln vor Wut.*

Das klang ganz wunderbar! Seite an Seite liefen wir zurück zu ihrem Dorf.

Kampf dem Fluch

Los, erzähl – was soll mich von diesem angeblichen Fluch befreien, der vielleicht wirkt und vielleicht auch nicht?«, fragte ich Tikaani, als wir uns wieder zurückverwandelt und angezogen hatten.

»Nicht was, sondern wer«, erwiderte Tikaani. »Und zwar Danaa.«

»Deine Dollar-Oma?« Ich war wieder mal verblüfft.

Tikaani musste grinsen. »Sie ist auch unsere Schamanin, so eine Art Zauberkundige.«

»Woran merkt man, dass jemand zaubern kann?«, fragte ich skeptisch.

»Mit fünf Jahren war sie mal allein mit ihrer Mutter im Dorf, alle anderen waren bei der Jagd. Und ausgerechnet dann hat ein Eisbär ihre Mutter angegriffen und wollte sie töten. Obwohl sie noch so klein war, ist Danaa dem Bären ruhig entgegengetreten und hat ihn gebeten, sie in Ruhe zu lassen. Das hat er wirklich getan.«

»Sehr katzig«, fand ich. »Spricht sie Bärensprache?«

»Kein Wort. Und der Bär war auch kein Woodwalker – es muss also Magie im Spiel gewesen sein«, berichtete Tikaani. »Und so ging es mit ihr weiter. Als Kind hat meine Oma zum Beispiel vorhergesagt, dass ein Fremder kommen und uns viele neue Dinge lehren würde. Genau so war's dann auch. Es war ein Forscher auf Expedition, der unseren Stamm entdeckt, uns Englisch beigebracht und uns die moderne Welt gezeigt hat.«

Ich erstarrte. »Wusste er, was ihr seid?«

»Klar. Er war selbst ein Polarfuchs-Wandler«, berichtete Tikaani.

»Hm, klingt gut«, meinte ich. »Aber kann deine Oma auch Flüche lösen?«

»Immerhin hat sie es schon mal geschafft, einen Dämon auszutreiben«, meinte meine Freundin. »Einer der Männer aus dem Dorf hat plötzlich nur noch wirres Zeug geredet und um sich geschlagen. Ihre Zeremonie hat den ganzen Tag gedauert, aus dem Zelt kamen schrecklich stinkender roter Rauch und komische Geräusche, aber danach war er wieder völlig in Ordnung.« Sie grinste. »Da du meistens keinen Unsinn redest, geht's bei dir bestimmt schneller.«

»Oh, danke.« Ich schaffte ein schiefes Grinsen. »Aber vielleicht findet deine Großmutter den Fluch gut, weil er mich zwingt, möglichst bald aus eurem Dorf zu verschwinden?«

»Das klären wir jetzt gleich«, sagte Tikaani entschlossen und schon waren wir am Zelt ihrer Oma angekommen. Mit der Flickarbeit war sie fertig, sie und Nunik waren in ein Spiel vertieft, bei dem es anscheinend darum ging, gefärbte kleine Knochen aneinanderzulegen, bis sie ein Muster ergaben.

Doch als Danaa mich sah, wurde ihre Miene ernst. Schnell erklärte Tikaani ihr, was Amaruuk getan hatte, und Nunik bekam vor Schreck pelzige Ohren. »Wie gemein!«, rief er empört. »Du musst ihm helfen, Oma!«

»Muss ich das?« Danaa zog die Augenbrauen hoch. »Mal sehen – komm mit ins Zelt, Kater.« Sie nahm mich am Arm, führte mich hinter sich ins Innere und zog eine Lederklappe vor die Öffnung. Aber dann steckte sie noch mal den Kopf nach draußen. »Und ihr beide bewegt eure scharfen Öhrchen mal anderswohin, bis wir hier fertig sind. Klar?«

»Klar«, kam es zweistimmig zurück.

Im Zelt war es dämmrig und ein bisschen muffig, es roch nach Fellen und getrockneten Kräutern. Ganz in Ruhe machte es sich die alte Schamanin auf dem Boden bequem und befahl mir mit einer Handbewegung, mich ihr gegenüberzusetzen. Mir klopfte das Herz bis zum Hals. Was war, wenn ich das Falsche sagte und sie mir einen zweiten Fluch verpasste, statt mir zu helfen?

»Weißt du, was von Tikaani erwartet wird?«, fragte mich ihre Großmutter. »Wir alle hoffen, dass sie eine große Jägerin wird und als Alpha in die Fußstapfen ihrer Eltern tritt. Was ist, wenn sie mit dir in den Süden geht und nicht zurückkommt?«

Die Gedanken wirbelten durch meinen Kopf und lähmten meine Zunge. Sollte ich ihr versichern, dass das nicht passieren würde? Aber ich wollte sie nicht anlügen.

»Ist es denn gar nicht wichtig, was sie selber will?«, fragte ich zurück. »Soweit ich weiß, will Tikaani weiter auf die Schule gehen und danach wahrscheinlich einen Menschenberuf lernen. Auch ihre Eltern finden das okay, glaube ich.«

»Ihre Eltern! Die sind schon ganz der modernen Welt verfallen, sie haben sogar dieses komische Intanet!« Danaa schnaubte. »Manchmal wünschte ich mir, dieser Forscher wäre an uns vorbeigelaufen, ohne uns zu sehen. Oder vielleicht hätten wir ihn fressen sollen. Dann wäre alles so geblieben, wie es war.«

»Aber dann hättet ihr ein furchtbar schlechtes Gewissen gehabt«, sagte ich.

»Glaubst du, Puma? Was weißt du denn über uns?« Sie teilverwandelte ihre Zähne und sah jetzt aus wie in diesem Märchen, das wir neulich in Menschenkunde durchgenommen hatten. Das mit dem Wolf, der sich als Großmutter verkleidet hatte. Doch Danaa war ja wirklich beides in einem.

Tapfer blieb ich sitzen. »Ich weiß, dass ihr Kämpfer seid«, sagte ich. »Und dass ihr keinen Forscher getötet hättet, der euch nichts getan hat.«

»Stimmt, hätten wir nicht. War nur Spaß.« Danaas Zähne wurden wieder menschlich und sie lächelte mich verschmitzt an. »Tikaanis Eltern denken tatsächlich, dass ihre kluge Tochter nicht ihr restliches Leben lang in diesem Dorf hocken sollte. Der Vollmond sei ihnen gnädig, sie hielten es für eine gute Idee, sie auf diese komische Klarwasser-Schule zu schicken. Das haben sie jetzt davon – ein Wolf und eine Großkatze, wer hat denn so was schon mal gehört?«

»Ach, es gibt noch ganz andere Sachen – unser Kampflehrer ist in zweiter Gestalt ein Wolf und er ist mit einer Klapperschlangen-Wandlerin zusammen«, erzählte ich ihr.

»Nicht dein Ernst!« Danaas Augen wurden ganz groß.

»Doch, und ich find's gut«, sagte ich ein bisschen trotzig. »Ach ja, und übrigens ist Tikaani das tollste Mädchen der Welt und ich liebe sie, und wenn Sie denken, dass ich dieses Mädchen wieder hergebe, dann sollten Sie sich vielleicht in einen Maulwurf verwandeln und in ein Erdloch kriechen!«

Verdammt, das war furchtbar frech gewesen. Aber gerade das schien Danaa zu gefallen, ihre Mundwinkel zeigten schon wieder nach oben. »Na gut. Du bist ein anständiger Kerl. Ich befreie dich von Amaruuks Fluch. Komm heute um Mitternacht wieder in mein Zelt, ich bereite bis dahin alles vor. Keine Angst, es wird nicht wehtun. Oder vielleicht doch? Wer weiß, wer weiß …«

Ich war ziemlich schnell draußen aus diesem Zelt.

Um Mitternacht schien die Sonne immer noch, das war im arktischen Sommer anscheinend so. »Dafür ist es im Winter monatelang dunkel«, erzählte Tikaani und wünschte mir Glück, als ich mich auf den Weg zu der Entfluchung machte.

Als ich Danaas Zelt betrat, stellte ich erschrocken fest, dass noch jemand anwesend war, und zwar Tikaanis Cousin Amaruuk, der mich mürrisch anblickte! Was sollte das denn?

Fast wäre ich rückwärts wieder rausgegangen. Aber Tikaanis hutzelige Großmutter winkte mich grinsend voran und bedeutete mir, mich in die Mitte des Zelts zu setzen. »Gut, dass du da bist, dann können wir anfangen. Amaruuk, leg los!«

Erst jetzt fiel mir auf, dass Amaruuk vor einer Trommel saß. Er fing an, darauf mit flachen Händen einen Rhythmus zu klopfen.

»Schneller!«, schrie Danaa ihn an. »Viel, viel schneller!«

Der Cousin trommelte nun so wild, dass ich seine Hände kaum noch sehen konnte. Gleichzeitig zückte Tikaanis Großmutter ein gelbes Plastikfeuerzeug und zündete damit Kräuter in einer Schale an. Dichter, würziger Rauch stieg im Zelt auf; ich musste husten. Nun sprang Danaa mit einem Satz auf und begann, wild um mich herumzutanzen. Dabei schwenkte sie ihre Haare, schüttelte die Hände, die irgendwelche magischen Objekte gepackt hielten, und sprach Zauberformeln in ihrer Sprache. Manchmal verdrehten sich ihre Augen, bis man nur noch das Weiße sah, und ab und zu stieß sie einen gellenden Schrei aus, bei dem ich jedes Mal einen Fluchtreflex unterdrücken musste.

Amaruuk trommelte immer noch, so schnell er konnte, Schweiß lief ihm über das Gesicht. Mir wurde langsam schwindelig von dem Kräuterrauch.

Plötzlich riss Danaa beide Hände hoch und blieb stehen wie

erstarrt. Im gleichen Moment hörte Amaruuk auf zu trommeln, in der Stille war nur sein keuchender Atem zu hören. Dann senkte Tikaanis Großmutter langsam den Kopf und lächelte mich an.

»Das war's«, sagte sie zufrieden. »Nix mehr Fluch. Ich hab dich davon befreit, Carag.« Sie schlug die Zeltklappe hoch und frische Luft strömte herein.

»Danke«, murmelte ich benommen.

Sie wandte sich an Tikaanis Cousin. »Amarauuk, denkst du dran, dass du die ganze Woche das Fellgerben für mich übernimmst?«, fragte Danaa gut gelaunt. »Ach ja, und ich könnte frische Kräuter gebrauchen. Eine neue Tranlampe auch. Du bist doch so gut im Steinschnitzen.«

»Mach ich«, ächzte Amaruuk, der völlig fertig wirkte.

Wir krochen beide auf allen vieren aus diesem Zelt. Amaruuk warf mir einen kurzen, gehetzten Blick zu, dann wankte er davon. Ich hatte so eine Ahnung, dass Tikaanis Cousin es sich das nächste Mal zweimal überlegen würde, bevor er jemanden verfluchte.

Ich fand Tikaani rasch – sie saß gerade mit der Speckstein-Künstlerin am Ufer eines Bachs in der Nähe der Siedlung. »Schau mal«, sagte Tikaani und zeigte mir die Eisbärenstatue. Ihre Rudelgefährtin hatte das Vorderbein, von dem die Spitze abgebrochen war, einfach umgearbeitet. Nun war die Pfote nicht mehr ausgestreckt wie vorher, sondern halb nach hinten abgewinkelt, sodass es aussah, als würde der Bär gerade laufen.

»Ich finde, das sieht sogar noch besser aus«, sagte die rundliche Woodwalkerin zufrieden und erleichtert nickte ich.

»Alles bereit für die große Jagd morgen?«, fragte Tikaani mich und ich straffte die Schultern. »Ja«, sagte ich fest.

Jede Menge Haare

Da es die ganze Zeit über hell war, hatte ich keine Ahnung, wann genau der Späher des Nordwind-Rudels ins Dorf gerannt kam. *Moschusochsen – eine achtköpfige Herde nicht weit von hier!*, meldete er, während ich gerade mit Tikaani und ihrer Familie zusammensaß.

»Endlich«, sagte Edwin Blue Cloud. Er zog sich das Hemd über den Kopf und beugte sich vornüber, während sein Gesicht sich zu einer Schnauze wandelte und überall auf seinem Körper Fell zu sprießen begann.

»Na also, es geht los!« Tikaani grinste breit. Sie, ihre Mutter und Nunik verwandelten sich fast gleichzeitig.

Du darfst diesmal noch nicht mit, Nunik – vielleicht nächstes Jahr, tröstete Edwin Tikaanis kleinen Bruder, der Kopf und Schwanz hängen ließ.

Als ich mich umschaute, sah ich, dass überall im Dorf Menschen ihre Kleider inklusive der Halsketten ablegten und zu Wölfen wurden. Immer noch ein etwas komisches Gefühl, so als wäre ich umzingelt. Auch ich zog mir schnell ein paar Sachen aus, verstaute meinen Anhänger sorgfältig in meiner Hosentasche und konzentrierte mich auf meine zweite Gestalt. Gut, dass ich das in meinem ersten Jahr auf der Clearwater High so oft hatte üben müssen, die Verwandlung klappte bestens.

Schon sammelte sich das Rudel außerhalb der Siedlung. *Nur zwanzig sollten insgesamt mitkommen, sonst geraten wir uns gegenseitig in die Quere,* schlug eine streng klingende Frauenstimme vor. Ah, das war Kiska, von der ich inzwischen wusste, dass sie die Alpha des Nordwind-Rudels und Amaruuks Mutter war.

Gut, so machen wir es, zehn aus jedem Rudel, sagte Edwin, der neben seinem Beta Tanarak Snowdrift stand. Zwei starke Wolfsrüden mit sahnefarbenem Fell. Schon scharten sich auf seinen unhörbaren Befehl andere Rudelmitglieder um ihn, darunter Tikaani, Merana Blue Cloud und ein weißer Wolf mit einer dunkelgrauen Fellzeichnung.

Wer ist das da eigentlich?, flüsterte ich Tikaani in den Kopf.

Das ist Luke Black Ice, den hast du schon mal in erster Gestalt gesehen, kam es sofort zurück. *Er ist als Mensch in Kanada aufgewachsen und war dort Ingenieur. Irgendwann hat er herausgefunden, was er ist, und hat sich uns angeschlossen.*

Leider war auch Amaruuk ausgewählt worden. Er warf mir einen feindseligen Blick zu und fragte in die Runde: *Warum darf der denn dabei sein? Der gehört nicht zu uns!*

Weil er unser Gast ist, deshalb – und weil er größer ist als du, erwiderte Edwin ruhig und Tikaani knurrte mit gefletschten Zähnen in der Richtung ihres Cousins.

Die anderen Dorfbewohner taten größtenteils so, als würden sie mich nicht sehen. Das war schwierig, denn wenn zwanzig Wölfe und ein Puma loslaufen zur Jagd, dann sticht der Puma ein kleines bisschen heraus. Und nicht nur durch seine Farbe.

Hoffentlich hatte die Anti-Fluch-Zeremonie gewirkt, auf welche Art auch immer. Wie sollte ich das feststellen, bevor es ernst wurde? Diesmal durfte ich mich auf keinen Fall blamieren! Trotzig schob ich den verkrampften Gedanken weg und ersetzte ihn durch ein *Ich zeig's euch, ihr werdet schon sehen, was Katzen draufhaben,* das hoffentlich funktionierte.

Mein Ziel war, mitzuhalten, aber das wurde schon nach kurzer Zeit schwierig. Die Polarwölfe liefen so rasch und ausdauernd, dass ich Mühe hatte, mitzukommen, und mein Fell wurde immer dunkler vor Schweiß.

Doch das war nicht der Grund, warum ich plötzlich stehen blieb, sondern das eigenartige Krachen, das über die Ebene hallte. Der Himmel war von flachen grauen Wolkenschichten bedeckt, es konnte kein Donner sein, also was war hier los? Die Wölfe schienen nichts dabei zu finden und Tikaani unterhielt sich gerade mit jemandem, also hastete ich ihnen weiter hinterher. Bis wir angekommen waren und mir klar wurde, woher das Krachen kam.

Beim großen Gewitter, stieß ich hervor. *Meint ihr das ernst – einer von denen da soll das Festessen zu deinem Geburtstag werden, Tikaani?*

Die Moschusochsen waren unglaublich stark wirkende Kolosse, noch massiger als Bisons. Sie sahen eigenartig aus: Man erkannte ihre Schnauze und die schweren Hörner, die ihren Kopf panzerten, und unten ragten vier Beine aus dem langen, dunkelbraunen Gezottel auf ihrem Körper heraus. Sonst schienen diese Wesen nur aus Haaren zu bestehen.

Sie waren gerade damit beschäftigt, sich gegenseitig zu bekämpfen. Zwei Bullen rannten aufeinander zu und rammten mit voller Wucht ihre gehörnten Köpfe zusammen. Dabei lief eine Schockwelle durch ihren ganzen Körper, ihr langes Fell wogte.

Erst ziemlich spät merkten sie, dass wir sie eingekreist hatten. Einer der Bullen lief in unsere Richtung, grub die Hufe in den Boden und drohte uns mit den Hörnern. Die anderen Moschusochsen bildeten um ihre beiden Kälber rasch einen Verteidigungsring. Nun zeigten ihre gefährlichen Köpfe nach außen, der zottelige Hintern nach innen.

Was jetzt? An die kommen wir doch nie ran, meinte ich leise zu Tikaani.

Abwarten, erwiderte meine Freundin nur.

Alle Rudelmitglieder wirkten nun aufmerksam und hoch konzentriert. Einige der Wölfe, darunter Amaruuk und Luke Black Ice, patrouillierten um die Herde herum, griffen hier und da an und wurden sofort wieder weggejagt. Die Rudelmitglieder wechselten sich mit den Vorstößen ab, vielleicht, um die Kraft der einzelnen Tiere zu testen oder um einen der Bullen von der Gruppe wegzulocken und die anderen angreifen zu können. Jetzt war Luke dran. Er wagte sich weit vor und musste hastig wegrennen, als ein wütender Ochse ihn verfolgte. *Lauf schneller, er pikt dich gleich in den Hintern,* empfahl ihm jemand und lachte.

Wonach sieht das aus, was ich gerade mache?, erwiderte er.

Der Ochse gab auf, bevor er Luke erreicht hatte, und kehrte in den Ring zurück, wo er uns wütend scharrend und mit gesenktem Kopf klarmachte, was wir von ihm zu erwarten hatten.

Auf welchen von denen habt ihr es abgesehen?, fragte ich Tikaani skeptisch.

Der eine dort vorne lahmt und sieht schwächer aus als die anderen, sagte meine Lieblingswölfin. Ja, nun bemerkte ich es auch. Dieses Tier würde wahrscheinlich sowieso den nächsten Minus-fünfzig-Grad-Winter nicht überleben.

Wieder attackierten mehrere Wölfe, diesmal waren auch Tikaanis Mutter und Tanarak dabei. Nun kam Bewegung in die Herde.

Na also, sie verlieren die Nerven, rief meine Freundin zufrieden.

Statt sich auf ihren bewährten Verteidigungsring zu verlassen, floh die Herde. In wilder Hast galoppierten die Moschusochsen nach Westen davon, hofften wohl, dass sie die Wölfe abschütteln konnten. Oder sie waren einfach in Panik.

Aufgeregt schossen Tikaani und ich Seite an Seite voran, machten uns an die Verfolgung. Die Jäger des Nordwind-Rudels versuchten, an eins der Kälber heranzukommen, während sich Tikaani und ihre Gefährten aus dem Wolken-Rudel daranmachten, das geschwächte Tier von der Herde zu trennen.

Das Kalb blökte erschrocken, als einer der Wölfe es zu packen versuchte. Seine Mutter wirbelte herum, senkte den Kopf zum Angriff und hatte offensichtlich vor, alle Wölfe im Umkreis zu zerstampfen.

Das Nordwind-Rudel floh in alle Richtungen … und leider entschied sich Amaruuk für die schlechteste. Die zwei Bullen, die sich vorhin noch so erbittert bekämpft hatten, nahmen jetzt gemeinsam den jungen Woodwalker in die Zange. Während die Mutter des Kalbes seine Rudelgefährten wegjagte, sah Amaruuk sich mit eingeklemmtem Schwanz nach einem Fluchtweg um. Vergeblich!

Ich steckte gerade in einem Pulk von Wölfen, die um den verletzten Moschusochsen herumwimmelten, und bemerkte, in welchen Schwierigkeiten Amaruuk war. Gleich würde er unter die Hufe geraten und keiner der anderen Wölfe kam noch an ihn heran. Kiska und ihre Leute versuchten, die Bullen abzulenken, indem sie sie in die Hinterbeine bissen, doch die beiden Kämpfer achteten einfach nicht darauf und inzwischen kamen ihnen andere Herdengenossen zu Hilfe.

War der Fluch, mit dem Amaruuk mich belegt hatte, irgendwie auf ihn selbst zurückgefallen? Nein, ich glaubte nicht mehr an diesen verdammten Fluch und ich würde Tikaanis Cousin helfen, koste es, was es wolle! Obwohl er gemein zu mir gewesen war, wollte ich nicht, dass ihm etwas passierte.

Mal schauen, was die Moschusochsen von einer Katze hielten. Ich wirbelte herum und war mit ein paar weiten Sprüngen am Ort des Geschehens. Rasch duckte ich mich, sammelte all meine Kraft … und sprang daneben, weil der Bulle in dem Moment voranschoss. Meine Krallen kämmten nur noch die langen braunen Haarsträhnen an seiner Flanke durch, dann bockte der Moschusochse plötzlich und schleuderte mich einfach herunter. Ich rollte mich noch im Flug zusammen und schaffte es, mir bei der Landung auf dem steinigen Boden nur ein bisschen wehzutun.

Carag!, schrie Tikaani auf und rannte zu mir, aber ich war schon wieder auf den Pfoten.

Inzwischen waren die anderen Wolfs-Wandler auf meine Ablenkungsversuche aufmerksam geworden. Sie beobachteten mich gespannt und hatten nun gesehen, dass ich als Einziger von uns allen echte Sprungkraft hatte.

Kannst du ihm helfen?, schrie Kiska mir zu, während Amaruuk aufjaulte – er war von einem Huf getroffen worden und rollte über den Boden so wie ich vorhin.

Man tut, was man kann, sagte ich grimmig und zwang mich, auf genau den richtigen Moment zu warten.

Das deutete Amaruuks Mutter anscheinend falsch. *Ich weiß, er war nicht nett zu dir – bitte verzeih ihm!* Sie klang immer verzweifelter.

Jaja ... mach ich – später, gab ich zurück.

Die verdammten Ochsen hatten gar nicht so wenig im Schädel. Zwar war ich garantiert der erste Puma, den sie sahen, doch sie hatten mich als Raubtier erkannt und achteten darauf, mir nicht den Rücken zuzuwenden. Aber ich musste jetzt springen, sonst war es für Amaruuk zu spät!

In dem kurzen Moment, in dem einer der Ochsen den Kopf senkte, um dem jungen Wolf den Rest zu geben, katapultierten mich meine kräftigen Hinterbeine vom Boden weg. Mein Katzenkörper sauste durch die Luft. Alarmiert machte sich der Bulle daran, den Kopf wieder zu heben, aber ich war schon über die gefährlichen Hörner hinweg und auf seinem Rücken. Puh, überall Haare. Ich wühlte mich durch, bis ich ihm die Krallen in die Haut schlagen konnte. Das lenkte ihn natürlich ab, sodass Amaruuk endlich entkommen konnte, winselnd und hinkend flüchtete er in Sicherheit. Hochzufrieden setzte ich zum Nackenbiss an, um den Ochsen zu Tikaanis Festmahl zu machen.

Doch der hatte leider andere Vorstellungen. Er warf sich im vollen Lauf auf den Boden und wälzte sich. Auf mir! Ich hörte meine Rippen knacken und gab einen Strom meiner allerfiesesten Gedankenflüche von mir. War ich jetzt dran mit dem Draufgehen? Das war eigentlich nicht so gedacht gewesen!

Es war ausgerechnet das dicke Fell, das mich rettete. Es polsterte den Aufprall des massigen Tiers ab, sodass ich mich unter dem Bullen hervorwinden und losrasen konnte. Eine Menge Wölfe standen schon bereit, den Moschusochsen von mir abzulenken.

Als ich schwer atmend ein Stück entfernt stehen blieb, sah ich, dass die Herde gerade über der nächsten Hügelkuppe entschwand. Aber ein Tier – das lahmende, geschwächte – lag am Boden und rührte sich nicht mehr. Ein gewaltiger Berg aus Haaren. Das Wolkenrudel hatte Beute gemacht.

Alle Wolfswandler hoben den Kopf und heulten gemeinsam ihren Triumph in den Himmel. Tikaani sang kurz mit den anderen, dann rannte sie zu mir herüber, um zu überprüfen, ob ich in Ordnung war. *Alles prima,* sagte ich ein bisschen verlegen und glättete mein zerzaustes Fell mit der Zunge. Ich wusste, dass mein Auftritt nicht wirklich ein Glanzstück gewesen war. Aber er hatte seinen Zweck erfüllt.

Na, hast du immer noch was gegen große Katzen?, fragte Edwin Blue Cloud den immer noch angeschlagen wirkenden Amaruuk.

Wieso? Ich hab nie was gegen Katzen gehabt, behauptete Tikaanis Cousin.

Hast du nicht vorhin darüber gemeckert, dass Carag dabei sein darf?, stichelte Tanarak.

Wieso gemeckert? Amaruuk schnappte halbherzig nach ihm. *Das war einfach eine Frage, mir war das halt nicht klar. Darf man nicht mal mehr eine Frage stellen?*

Ich spürte meine Tasthaare amüsiert zucken. Nein, Freunde würden wir wohl nicht werden, aber es reichte mir völlig aus, dass dieser Wolfs-Wandler in Zukunft wahrscheinlich die fellige Schnauze hielt, wenn es um ungewohnte Fremde in seinem Dorf ging.

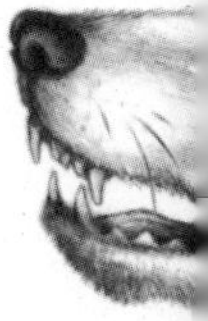

Geschenke des Grauens

Herzlichen Glückwunsch, Tikaani – möge der Mond immer für dich leuchten«, sagte Nunik feierlich und rieb seine Nase an der seiner Schwester. Ich war als Nächster dran und musste grinsen, weil wir das mit der Nase in der Clearwater High noch nie gemacht hatten. Zum Glück war ich nicht erkältet. Der Sinn der Sache war ja nicht, seinen Rotz zu teilen.

»Herzlichen Glückwunsch, fünfzehnjährige Lieblingswölfin Tiki – hoffentlich stört dich nicht, dass ich erst vierzehn bin«, flüsterte ich ihr zu und Tikaani schüttelte heftig den Kopf.

Inzwischen hatten wir den Moschusochsen zerlegt und das Fleisch fürs Festessen zur Siedlung zurücktransportiert, aus den langen braunen Haarsträhnen sollten Decken gemacht werden.

Weil nun die ersten Leute mit Geschenken ankamen, rannte ich zum Kühlversteck, in dem ich mein erstes Geschenk – die Hirschkeule – deponiert hatte. Eigentlich hatten Tikaani und ihre Familie durch den Einkaufstrip mit dem Flugzeug und ihr Jagdglück genug zu futtern, aber so ein Moschusochse war bestimmt ganz schön zäh und vielleicht würde sie sich über den Leckerbissen aus den Rocky Mountains freuen.

Erschrocken sah ich, dass der Stein nicht mehr vor der Öffnung der kleinen Höhle lag. War das Amaruuk gewesen? Gut möglich, vielleicht hatte er es gleich am ersten Tag getan. Zum Glück war die Keule noch da. Ich packte sie und raste zurück.

Dort standen Tikaanis Eltern ihrer Tochter gegenüber und blickten ernst drein. »Wir schenken dir zwei Flüge mit unserer *Beaver* zu deinen Freunden«, sagte Edwin Blue Cloud und legte Tikaani beide Hände auf die Schultern. »Egal, wie weit es ist.«

»Wir wissen, was deine Freunde dir bedeuten und wie teuer ein richtiges Flugticket ist«, sagte ihre Mutter. »Außerdem bläst unser kleines Flugzeug nicht so viel Dreck heraus wie ein großes und schadet dem Himmel nicht so sehr.«

Nunik schenkte seiner Schwester ein Kissen, das er aus Moschusochsenfell gewebt und mit Moos gefüllt hatte. Ihre Großmutter Danaa gab ihr eine Bürste für die Fellpflege, deren Griff aus einem Karibuhorn geschnitzt war.

Dann war ich dran, überreichte meiner Lieblingswölfin feierlich den Leckerbissen ... und bemerkte entsetzt, was mir vorhin entgangen war: Eine Seite der Keule war angeknabbert! Oh nein. Anscheinend hatte sich hier ein Polarfuchs bedient.

Auch Tikaani und die anderen Rudelmitglieder hatten die Bissspuren bemerkt und ich spürte, wie ich knallrot anlief. Doch meine Freundin reagierte schnell. »Tut mir echt leid, Carag, neulich hab ich nachts einen kleinen Fressflash gehabt«, meinte sie und schenkte mir einen entschuldigenden Blick, der fast echt aussah.

»Ach, das macht doch nichts«, sagte ich und liebte sie gleich noch ein bisschen mehr. Zum Glück hatte ich ja noch ein zweites Geschenk. Ich zog es mit etwas Mühe aus dem Rucksack und überreichte es ihr mit einem stolzen Lächeln. Es war ein perfekt erhaltener Biberschädel, den ich gründlich gesäubert hatte. Damit er noch hübscher aussah, hatte ich rote Steine, die ich ebenfalls am Fluss gefunden hatte, in den Augenhöhlen befestigt.

Tikaani glotzte das Geschenk an und die Mitglieder ihres Rudels wichen raunend zurück.

»Was ist das denn?«, fragte Danaa, sie klang entsetzt. »Das sieht ja wahrhaft dämonisch aus!«

»Das kommt mir nicht ins Zelt«, sagte Merana. »Was ist, wenn das Tier, dem es mal gehört hat, sich in unsere Träume schleicht?«

Mein Lächeln war inzwischen verdunstet wie Wasser in der Sommersonne. Oh Mann, konnte es wirklich sein, dass meine Geschenke *beide* total daneben waren? Ich hatte mir doch vorgenommen, Tikaani auf keinen Fall zu blamieren! Erst jetzt fiel mir ein, dass die Wolfs-Wandler den gehörnten Kopf des Moschusochsen nicht mitgenommen, sondern seinem Geist für sein Opfer gedankt und dann feierlich etwas Erde darübergescharrt hatten.

Ganz langsam nahm Tikaani den Biberschädel und drehte ihn in den Händen. Sie schaute mich an, dann wandte sie den Blick trotzig zu ihren Rudelgefährten. »Also mir gefällt er«, behauptete sie. »Und ich hab auch eine Idee, wo er am besten hinpasst.«

Sie stand auf und marschierte damit los.

Am Rand der Siedlung setzte sie den Schädel feierlich auf den Boden, sodass die Augen nach außen blickten. »Falls ein Dämon darin wohnt, dann kann er ab jetzt das Dorf beschützen und alle Feinde von uns abhalten, sichtbare und unsichtbare«, verkündete sie.

»So soll es sein«, entschied ihr Vater.

Die anderen Rudelmitglieder blickten sich an und nickten. Ich bildete mir ein, dass auch der Biber zufrieden aussah, obwohl das natürlich schwer zu sagen war. Er war schließlich ausgesprochen tot.

Als wir wieder zurückmarschierten, nahm ich dankbar Tikaanis Hand und drückte sie.

Nun begann das Festessen, an dem beide Rudel teilnahmen. Luke Black Ice hatte in einer Grube ein Feuer entzündet, und wer wollte, konnte sich darüber ein Stück Fleisch rösten; andere hatten anscheinend vor, ihre Portion roh zu essen. Danaa rieb meine Hirschkeule mit Kräutern ein und hängte sie dann übers Feuer.

»Viel leckerer als Moschusochse, der ist nämlich echt zäh«, meinte Tikaani, nachdem sie probiert hatte. Außerdem hatten die Dorfbewohner Fladenbrot mit Schmalz, gefüllte Teigtaschen, geröstete Vogeleier und Honiggebäck vorbereitet. Wir aßen alle, bis wir fast platzten. Währenddessen erzählte Edwin noch einmal ausführlich, was wir auf der gefährlichen Jagd erlebt hatten, und Danaa trug eine Legende aus alter Zeit vor.

»Ich erzähle euch nun, wie die Woodwalker entstanden sind«, begann sie und ich spitzte die Ohren, denn genau das hatte ich mich schon ziemlich oft gefragt. Allerdings war ich mir nicht sicher, ob Danaa die Antwort auf diese Frage aller Fragen wirklich wissen konnte.

»Lange ist es her. Sehr, sehr lange. Man sagt, dass Schamanen schon vor ewigen Zeiten versucht haben, Mensch und Tier zu verschmelzen. Und eines fernen Tages, als die Menschen noch Klingen aus Stein nutzten und zottige Mammuts über die Erde wandelten, da gelang es! Sie entdeckten, wie sie durch ein magisches Ritual Menschen mit bestimmten Tierarten verschmelzen konnten, und probierten es an sich selbst und mit verschiedenen Tieren aus. Manche wurden zu Raben, andere zu Kojoten oder Wölfen.«

Aha, es war also Zauberei gewesen! Oder? Solche Mythen

waren ja eher Geschichten als wirkliche Berichte. Und selbst wenn es einmal genaue Berichte gewesen waren, veränderte sich das, was die Leute erzählten, im Laufe der Jahrhunderte. Trotzdem hörte ich gespannt weiter zu.

»Nicht immer schafften sie es, sich zurückzuverwandeln. Jene Schamanen, denen es nicht gelang, mussten bis zum Ende ihres Lebens als Tier leben und sehnten sich oft vergeblich zurück zur Gemeinschaft der Menschen und ihrem Lagerfeuer.« Danaa warf einen Blick in die Runde und nickte zufrieden, als sie merkte, wie aufmerksam wir alle lauschten. Dann fuhr sie fort: »Die anderen, die sich zurückverwandeln konnten, fanden nach und nach mehr heraus. Zum Beispiel, dass es für jeden Menschen eine Tierart gab, die zu ihm passte und bei der die Verschmelzung besonders leicht ging, während es mit einer anderen Tierart gar nicht klappte. Auch entdeckten sie, dass ihre Fähigkeit zur Verwandlung auf ihre Kinder und Kindeskinder überging. Nur deswegen sind wir heute Wölfe und Menschen zugleich und können so leben, wie wir das tun.«

Zustimmendes Gemurmel ertönte, die Legende hatte den Stammesmitgliedern gefallen und ich spürte, dass sie am liebsten weiteren Geschichten zugehört hätten.

»Gibt es die magischen Formeln von damals heute immer noch?«, wagte ich Danaa zu fragen. »Könnte man sie heute noch anwenden?«

Nachdenklich blickte Danaa mich an. »Ich weiß es nicht. Es ist alles sehr lange her, ich fürchte, sie sind in Vergessenheit geraten.«

Noch während ich darüber nachdachte, begann Tikaani, ein Lied ihres Volkes zu singen – sie hatte eine wunderbare Stimme, klar und melodisch.

Der Einfall kam mir so plötzlich, als hätten die Sterne ihn mir eingeflüstert.

»Ich habe noch ein drittes Geschenk für Tikaani«, sagte ich laut und fest.

Alle Blicke wandten sich mir zu, wahrscheinlich waren die Bewohner von Tikaanis Dorf neugierig, wie ich mich diesmal blamieren würde. Verblüfft sah mich Tikaani an und öffnete den Mund, vielleicht um mich anzuflehen, das sein zu lassen. Aber ich legte meine Hand auf ihre, bat sie lautlos, mir zu vertrauen.

»Mein drittes Geschenk ist eine Geschichte«, sagte ich.

Überall sah ich Wolfs-Wandler nicken und lächeln – das gefiel ihnen. Auch Tikaani blickte erfreut und gespannt drein. Sie wusste, wie leicht es mir fiel, mir Geschichten auszudenken.

»In einem Dorf ganz ähnlich wie diesem lebte einmal ein Mädchen namens Carani«, begann ich. »In zweiter Gestalt war sie eine wunderschöne weiße Wölfin, die für ihre Klugheit bekannt war und als beste Sängerin der Gegend galt. In ihrem Rudel verstanden sich alle gut und Carani liebte wie alle anderen den Schnee ihrer Heimat. Aber es war für sie und die anderen mühsam, die eisigen Monate zu überstehen, in denen die Sonne gar nicht aufging und Beute rar war. Und eines Tages hätte die Sonne wiederkehren sollen … und tat es nicht! Das war eine Katastrophe! Alle Mitglieder des Stamms berieten sich aufgeregt, aber niemand fand eine Lösung.«

Ich blickte in die Runde. Damit hatte ich sie – alle lauschten gespannt. Also sprach ich weiter: »Das Rudel hungerte, ihre Gefährten wurden immer schwächer. Schließlich war Carani so verzweifelt, dass sie sich einen Plan überlegte, den die anderen sicher völlig verrückt gefunden hätten. Sie lief in die Ebene hinaus und kletterte auf die höchste Erhebung, die sie finden konnte. Ganz allein saß sie auf dem Hügel, hob die Schnauze zum Himmel und bat den Mond, den sie schon so oft angeheult hatte, um Rat und Hilfe.«

»Na, der hat bestimmt nicht geantwortet«, murmelte Nunik.

»Oh doch, er hat geantwortet – zum allerersten Mal, denn es war eine ganz besondere Nacht und Carani eine ganz besondere Wölfin«, erzählte ich weiter. »Er sagte: ›Du willst wissen, warum es nicht hell wird? Ach, diesmal hatte ich einfach keine Lust, der Sonne Platz zu machen. Immer denkt sie, dass sie dran ist, dabei bin ich viel schöner.‹ Carani gab zurück: ›Natürlich bist du schöner, aber im Moment freuen wir uns nicht darüber, dich zu sehen, weil wir so großen Hunger haben.‹

›Oh‹, sagte der Mond. ›Das war mir nicht klar. Hm, na gut, ich überlasse der Sonne ihren Platz, wenn mir jemand etwas richtig Schönes vorsingt.‹ Zufällig war Carani genau die richtige Wölfin dafür, sie sang für den Mond die herrlichsten Lieder. Doch immer wieder meckerte der Mond: ›Das ist noch nicht schön genug, geht es nicht schöner?‹ Und weil Carani sehr klug war, sah sie ein, dass das nichts mehr werden würde … und sie begann nun, Schlaflieder zu singen. Und siehe da, der Mond schlief ein und musste der Sonne Platz machen. Endlich wurde es wieder hell, das Land erwachte zu neuem Leben. Und die Sonne schimpfte den Mond so sehr aus, dass er sich schämte und versprach, sich als Buße in Zukunft eine Nacht im Monat nicht zu zeigen. Das nennen wir seither Neumond.«

Alle Rudelmitglieder klatschten begeistert und Tikaani lächelte mich an. »Das war eine sehr gute Geschichte«, sagte sie. »Wie ging es weiter mit Carani, ist sie eine berühmte Sängerin geworden und durch die ganze Welt gereist?«

»Woher weißt du das?«, fragte ich und tat erstaunt. »Genau das ist passiert.«

»Aber sie ist immer wieder in ihr Dorf zurückgekehrt«, sagte Merana Blue Cloud leise.

»Ja, natürlich«, bekräftigte Tikaani. »Zwischen ihren Reisen ist sie immer wieder zurückgekommen, denn ihr Dorf und ihr Rudel bedeuteten ihr schließlich viel.« Einen Moment lang sahen sie, ihre Eltern und ihre Großmutter sich voller Liebe und Zuversicht an.

»Deine Geschichte war das beste Geschenk von allen, Carag«, sagte Tikaani zu mir und gab mir einen Kuss, der so lange dauerte, dass Nunik zu kichern begann.

Dann schnappten sich ein paar Leute eine Trommel, andere begannen zu tanzen. Und Tikaani trug ein Lied vor, von dem ich kein Wort verstand, das aber trotzdem wunderschön war.

Danksagung

Robin kennt das längst – er steht immer ganz oben in der Danksagung, weil es für mich so nützlich (und vergnüglich) ist, dass er sich jedes neue Kapitel anhört und Vorschläge dazu macht! Also wieder ein Dankeschön an meinen tollen Juniorlektor. Aber natürlich danke ich auch meinem »richtigen« Lektor Frank Griesheimer, der wieder mit viel Einfühlungsvermögen mit mir an der Geschichte gearbeitet hat, Stefanie Letschert, die mich bei Arena super betreut, und Christian für ganz viel Wärme und Liebe, ohne die an Schreiben nicht zu denken wäre.

Sehr wichtig sind natürlich auch meine Testleser! Danke an meine Schwester Sonja, Christian Seiss, Sabine Hirsekorn, Anna Brünner, Indra Klute, Karlotta Thurow und Lina-Charlotte Lang.

Wenn ihr mehr über Wood- und Seawalkers (oder mich und meine anderen Romane) wissen wollt, dann schaut doch mal auf meiner Homepage *www.katja-brandis.de* oder auf meinem YouTube-Kanal *Katja Brandis Autorin* vorbei!

10 Dinge, die du tun kannst, um den Wald zu schützen

Katja Brandis, Autorin von *Woodwalkers* (katja-brandis.de)

1. **Respektiere Holz als wertvollen Stoff.** Jedes Stück Holz war mal ein Baum. Behandle es mit Respekt und versuche, aus Holzgegenständen, die deine Familie nicht mehr braucht, etwas anderes herzustellen oder das Material sinnvoll zu verwenden.

2. **Verwendet in der Familie keine Gegenstände aus Tropenholz** wie z. B. Teak, Mahagoni, Abachi, Meranti, Kambala etc. Leider ist es nicht immer leicht zu erkennen, was aus Tropenholz besteht und was nicht. Wenn die Holzart auf einem Produkt nicht genannt wird (zum Beispiel bei billiger Grillkohle), ist das verdächtig. Also zum Beispiel lieber Grillkohle aus Buchenholz kaufen, Buchen wachsen bei uns und sind nicht bedroht. Holz mit dem FSC-Siegel kommt vorwiegend aus nachhaltiger Forstwirtschaft.

3. **Spare Papier und verwende Recyclingpapier.** Statt eines Blatts Küchenrolle könntest du einen Lappen verwenden, statt Geschenkpapier bunte Tücher, statt Brötchentüte einen Stoffbeutel. Papierprodukte, die umweltfreundlich sind, erkennst du am Symbol »Blauer Engel«. Übrigens werden meine Romane im Arena Verlag seit Juni 2020 auf Recyclingpapier gedruckt und mit dem Blauen Engel ausgezeichnet! Du musst beim Bücherkaufen also kein schlechtes Gewissen haben.

4. **Iss weniger Fleisch.** Einerseits werden in Südamerika weite Regenwaldflächen abgeholzt, um Platz für Rinderweiden zu schaffen. Zum anderen wird in den Industriestaaten Soja an Rinder und Schweine verfüttert, und für Sojaplantagen muss viel Regenwald weichen.

5. **Meide Produkte, die Palmöl enthalten.** Es ist schon viel Regenwald abgeholzt worden, um Ölpalmen-Plantagen zu schaffen, und das geschieht leider weiterhin. Überwiegend wird das gewonnene Palmöl in Biosprit umgewandelt (also keinen E10-Sprit in den Tank!). Ebenso findet sich Palmöl in Pflegeprodukten und Lebensmitteln.

6. **Lerne den Wald kennen** und erkunde ihn, dadurch wirst du noch mehr über ihn erfahren und ihn noch mehr ins Herz schließen. Aber Achtung, geh im Winter nicht querfeldein, damit du keine Wildtiere störst – auf der Flucht vor dir verbrauchen sie wertvolle Energie. Im Frühjahr (etwa ab April) solltest du deinen Hund in Wald und Feld an der Leine führen, damit er trächtige Wildtiere und neugeborene Junge nicht belästigt.

7. **Protestiere gegen Projekte, die dem Wald schaden.** Das kannst du zum Beispiel, indem du dich bei Umweltschutzorganisationen informierst und an Protesten (zum Teil per Internet/E-Mail), Aktionen und Streiks beteiligst. Auch Briefe und bohrende Fragen an Politiker oder andere Entscheider helfen!

8. **Lass dir ein Stück Wald schenken.** Zum Beispiel könntest du dir von deinen Verwandten statt eines »normalen« Geburtstagsgeschenks eine Spende für den Regenwald oder fürs Bäumepflanzen wünschen. Besonders sinnvoll ist es, Organisationen und Projekte zu unterstützen, die Waldgebiete aufkaufen, um sie zu schützen, oder die Gebiete aufforsten. Selbst wenn du nur zehn Euro spendest oder spenden lässt, hast du schon Dutzende von Bäumen vor Holzfällern bewahrt.

9. **Pflanze selbst Bäume.** Falls du Lust hast, selbst Bäume zu pflanzen (ob in eurem Garten oder anderswo), dann viel Spaß! Sprich das aber am besten mit einem kundigen Erwachsenen ab, damit der richtige Baum an den richtigen Ort kommt.

10. **Gib diese Tipps weiter.** Zum Beispiel könntest du in der Schule einen Vortrag über das Thema halten oder ein Projekt zum Thema starten. Oder wie wäre es mit einem Artikel in eurer Schülerzeitung? Je mehr Leute den Wunsch haben, den Wald zu schützen, desto mehr lässt sich bewegen!

Katja Brandis

Woodwalkers

Carags Verwandlung (1)
ISBN 978-3-401-60606-4

Gefährliche Freundschaft (2)
ISBN 978-3-401-60607-1

Hollys Geheimnis (3)
ISBN 978-3-401-60608-8

Fremde Wildnis (4)
ISBN 978-3-401-60609-5

Feindliche Spuren (5)
ISBN 978-3-401-60610-1

Tag der Rache (6)
ISBN 978-3-401-60611-8

Arena

Auch als E-Books erhältlich.
Die Hörbücher erscheinen bei Arena audio.

Jeder Band:
Gebunden
www.arena-verlag.de

Katja Brandis
Seawalkers

Gefährliche Gestalten

Für Tiago ist es ein Schock, als er herausfindet, dass er ein Gestaltwandler ist. Und was für einer: In seiner zweiten Gestalt als Tigerhai wird er sogar von seinen Mitschülern gefürchtet. Einzig das fröhliche Delfinmädchen Shari hat keine Angst vor ihm. Doch ihre Freundschaft wird bereits beim ersten großen Abenteuer, das sie an der Blue Reef High erwartet, auf die Probe gestellt.

Rettung für Shari

Tiago ist glücklich, dass er erst mal an der Blue Reef High bleiben darf, auch weil er in Delfinwandlerin Shari endlich eine Freundin gefunden hat. Die kann der junge Haiwandler gut gebrauchen, denn längst nicht alle sind glücklich über seine Anwesenheit. Als Shari in große Schwierigkeiten gerät, setzt Tiago als Mensch und Hai alles auf eine Karte, um sie und ihre Delfinfreunde zu retten.

Band 1
296 Seiten • Gebunden
ISBN 978-3-401-60612-5
Beide Titel auch als E-Book und als
Hörbuch bei Arena audio erhältlich

Arena

Band 2
312 Seiten • Gebunden
ISBN 978-3-401-60613-2
www.arena-verlag.de

Katja Brandis

Khyona

Im Bann des Silberfalken

Der Islandurlaub mit ihrer neuen Patchworkfamilie ist genauso anstrengend wie Kari sich das vorgestellt hat. Doch als ihr ein silberner Falke begegnet und sie ins Reich Isslar gebracht wird, verändert sich alles. Ehe Kari sich versieht, steckt sie mitten in einer magischen Welt voller Trolle, Eisdrachen und Elfen, in der Geysire über das Schicksal entscheiden und ein geheimnisvoller junger Mann über die Vulkane der Insel herrscht. Doch warum ist sie hier? Als Kari herausfindet, dass sie einer jungen Assassinin zum Verwechseln ähnlich sieht, die im Auftrag der Fürstin einen Mord begehen soll, steckt sie bereits in gewaltigen Schwierigkeiten …

Arena

Auch als E-Book erhältlich

480 Seiten • Arena Taschenbuch
ISBN 978-3-401-51192-4
www.arena-verlag.de